AURELIANO
CRISTINA BOMFIM
G. B. BALDASSARI
JÚLIA MAIZMAN
MARK MILLER
MARY C. MÜLLER
VICTOR MARQUES

Diretor-presidente:
Jorge Yunes
Gerente editorial:
Cláudio Varela
Editora:
Ivânia Valim
Assistente editorial:
Isadora Theodoro Rodrigues
Suporte editorial:
Nádila Sousa
Coordenadora de arte:
Juliana Ida
Gerente de marketing:
Renata Bueno
Analistas de marketing:
Anna Nery, Mariana Iazzetti e Daniel Moraes
Direitos autorais:
Leila Andrade
Coordenadora comercial:
Vivian Pessoa

Antes que o verão acabe
© 2024, Companhia Editora Nacional
© 2024, Aureliano, Cristina Bomfim, G. B. Baldassari, Júlia Maizman, Mark Miller, Mary C. Müller, Victor Marques

Todos os direitos reservados. Nenhuma parte desta obra pode ser reproduzida ou transmitida por qualquer forma ou meio eletrônico, inclusive fotocópia, gravação ou sistema de armazenagem e recuperação de informação sem o prévio e expresso consentimento da editora.

1a edição — São Paulo

Preparação de texto:
Rebeca Benjamim
Revisão:
Fernanda Costa, Solaine Chioro
Ilustrações de miolo:
Marina Araújo, Luana Gurgel, Amanda Santos, Taíssa Maia, Lara Késsia, Julia Cascaes, Emile Kipper
Ilustração de capa:
Susan Chou
Projeto gráfico e diagramação:
Valquíria Chagas

DADOS INTERNACIONAIS DE CATALOGAÇÃO NA PUBLICAÇÃO (CIP) DE ACORDO COM ISBD

A627 Antes que o verão acabe / Aureliano ... [et al.]. - São Paulo : Editora Nacional, 2023.
   256 p. ; 14cm x 21cm.

   ISBN: 978-65-5881-197-8

   1. Literatura brasileira. 2. Romance. I. Aureliano. II. Bomfim, Cristina. III. Baldassari, G. B. IV. Maizman, Júlia. V. Miller, Mark. VI. Müller, Mary C. VII. Marques, Victor. VIII. Título.

2024-94   CDD 869.89923
               CDU 821.134.3(81)-31

Elaborado por Vagner Rodolfo da Silva - CRB-8/9410
Índice para catálogo sistemático:
1. Literatura brasileira : Romance 869.89923
2. Literatura brasileira : Romance 821.134.3(81)-31

Rua Gomes de Carvalho, 1306 - 11º andar - Vila Olímpia
São Paulo - SP - 04547-005 - Brasil - Tel.: (11) 2799-7799
editoranacional.com.br - atendimento@grupoibep.com.br

SUMÁRIO

DA MAIOR IMPORTÂNCIA
Aureliano | Ilustração: Marina Araújo — 7

O PRÍNCIPE FANTASMA
Cristina Bomfim | Ilustração: Luana Gurgel — 35

UM VERÃO EM MONTE AZUL
G. B. Baldassari | Ilustração: Amanda Santos — 75

UM BOM COMEÇO
Júlia Maizman | Ilustração: Taíssa Maia — 111

ESSE VERÃO VAI TE MATAR
Mark Miller | Ilustração: Lara Késsia — 141

PRAIA DO NOSSO FUTURO
Mary C. Müller | Ilustração: Julia Cascaes — 177

MADONNA DE VERÃO
Victor Marques | Ilustração: Emile Kipper — 215

SOBRE OS AUTORES — 251

DA MAIOR IMPORTÂNCIA

Aureliano

ILUSTRAÇÃO:
Marina Araújo

@marewwna

O ventilador ligado no três. Calor profundo. A cada ano que passava, parecia que dezembro chegava ainda mais quente e abafado. E olhe que naquele tempo ainda nem se falava direito em aquecimento global. Estava tão quente que quase não dava pra pensar, ou essa era a mentira que Denise gostava de contar para si mesma, de modo a não ter que lidar com a realidade dos dias que escorriam como areia de suas mãos. Mas a verdade é que, em dias quentes como aquele, ficava difícil até mesmo existir. Quem sabe um banho gelado para colocar a cabeça no lugar?

Denise abriu o chuveiro e permitiu que a água fria se chocasse com sua pele em ebulição. Sentiu-se relaxando, músculo por músculo, enquanto a correnteza percorria os relevos do seu corpo e lhe amenizava todos os calores daquele dia. Fechou os olhos e ficou ali por algum tempo, mas, qualquer tempo que ali ficasse, lhe pareceria pouco. Queria mesmo era não precisar sair dali nunca mais. Queria mesmo era tornar-se uma com a água e descer pelo ralo para novas aventuras em que não precisasse ser quem era. Em que pudesse ser só um fluxo eterno e contínuo de partículas misturadas a tantas outras. Fechou o registro do chuveiro, decepcionada consigo mesma por não ser melhor em transmutar a própria matéria.

Enquanto penteava os cabelos, a mala arrumada no canto do quarto lhe encarava de volta. Sentia-se tão ridícula naquela situação. O quanto já não tinha desfeito da vontade de Lúcio de sair daquela cidade. O quanto havia batido o pé e dito que ficaria, sim, em Natal e que ali era o seu lugar. Mas não havia o que fazer quando uma oportunidade daquelas batia à sua porta. Não é como se as coisas estivessem fáceis e ela pudesse se dar ao luxo de dizer não. Embarcaria para São Paulo em menos de vinte e quatro horas.

O celular carregando em cima da cama lhe tirou das espirais de ansiedade e lhe lembrou do convite de Bianca para assistir ao acendimento da árvore de Natal da cidade. Bianca... Ainda não havia dito à Bianca. Na verdade, não tinha dito a ninguém. Não podia dizer. Tudo foi acontecendo muito rápido, e o contrato, assinado naquela semana, pedia de Denise discrição. Logo dela. Que gostaria de poder espalhar aos quatro cantos de Natal que finalmente alguém tinha percebido o seu valor. Que não precisaria mais correr. Que poderia respirar. Pois embora amasse a cidade onde vivia, Denise tinha uma constante sensação de desencaixe. Algo sempre parecia estar meio fora do lugar.

Mas talvez não tivesse problema, pelo menos, dizer aos amigos que estaria viajando para São Paulo no dia seguinte. Para resolver um assunto familiar. Coisa bem vaga. E se perguntassem algum detalhe, era só dar uma de desentendida, como de costume. Parecia um bom plano. É, faria isso mesmo. É o que uma boa amiga faria, não é? Gostava de pensar que poderia ser uma boa amiga. Alcançou o celular e combinou de pegar o mesmo ônibus de Bianca.

Sentada no banco mais alto, pensou que era estranha a sensação de saber que está fazendo algo pela última vez, nesse caso: pegar o ônibus da linha Eucaliptos. Como se ver os caminhos que você percorre todo dia, antes de ir embora, fosse, de alguma forma, fazer deles mais importantes. Pensou que nenhum dos semiconhecidos nos bancos adjacentes sabia que ela iria embora. Ninguém anteciparia seus movimentos. Nem a grandiosa estátua do Anjo Azul passando do lado de fora da janela do ônibus. Bianca já devia subir. E subiu.

Para Bianca, era impraticável existir em Natal durante o verão vestindo qualquer coisa maior que short, regatinha e sandália de borracha. Cabelos amarrados no alto da cabeça, bipou o cartão e passou a catraca, logo se aproximando de Denise e fazendo o coração da amiga acelerar.

— Que calor é esse, pelo amor de Deus? — disse Bianca enquanto, num impulso, se sentava ao lado de Denise. — Tu viu na TV quanto disse que vai fazer?

— Vi não, amiga, mas parece até que eu tô em banho-maria desde segunda — respondeu, abraçando a amiga meio de lado, meio quase de mentira, a única forma como os abraços são possíveis dentro dos ônibus.

— Tá mais pra panela de pressão. — Bianca arrematou.

Pior que era verdade. Desde segunda-feira, quando Denise recebeu o famigerado convite, parecia que sua cabeça estava fervendo em situações extremas. Não conseguia imaginar como ainda não tinha vomitado aquela história toda para Bianca, sua grande amiga e confidente desde que chegara em Natal. Não pensava em outra pessoa que vibraria tanto ao seu lado com aquela notícia. "Amiga, você vai ser uma estrela!", Denise imaginou que ela diria. Em vez disso, falou:

— Pois é, menina. Tava passando na TV que parece que tá mais quente assim por causa da lua. — Bianca se revoltou. — Tu já pensasse: até a lua é contra nós?

— Sim, porque vai ter superlua, né? — Denise lembrou. — Disseram que vai ficar vermelha e tudo. Isso se der pra ver alguma coisa — abriu a janela fazendo entrar a brisa úmida —, que hoje o céu tá só a tampa de cuscuz.

— É foda mesmo... — Bianca se queixou. — Fica esse monte de nuvem o dia todinho, aí chove bem pouquinho, lá pra de madrugada, que é só pra abafar o dia seguinte e recomeçar o ciclo.

A conversa fácil e besta sobre o clima com Bianca parecia ditar o balançar do ônibus que rumava pela avenida noturna, passando por um canteiro de cujas árvores pendiam pisca-piscas e adornos iluminados. Era dezembro, afinal. E mesmo com a sensação térmica de "quente na sombra", a cidade de Natal precisava fazer jus ao nome que lhe foi dado. Bianca estava em silêncio observando a decoração urbana. Denise pensou que essa seria uma boa hora de falar.

Não sabia nem por que a simples ideia de falar para Bianca que se mudaria lhe deixava tão nervosa, já que a amiga nunca correspondeu, ou ao menos demonstrou entender, o que Denise sentia por ela. Como se a simples possibilidade de não ser hétero causasse um curto em seus circuitos mentais. Denise pensou que não devia se importar tanto assim. Que a vida poderia ser mais fácil se ela não se importasse. E então guardou de novo todas as palavras para si.

Da parada de ônibus já se via o aglomerado de gente em frente ao palco que dava para a ainda escura estrutura. Ao redor, tudo já estava aceso e iluminado por milhões de pequenas luzes que se espalhavam por toda a praça. Desde um presépio simulado até grandes bengalas doces, daquelas que só se via em desenhos animados. Denise e Bianca caminharam tranquilas em direção à multidão, enquanto se deixavam envolver pela magia luminosa e elétrica que acompanhava o cair da noite.

Ao microfone, uma voz empostada anunciou um coral de crianças que pingavam de suor dentro de suas roupas de anjinhos confeccionadas em poliéster. As vozes descoordenadas começaram a cantar "Noite feliz", e Denise só conseguiu pensar que aquilo devia ser algum tipo de indireta para ela. Que, ao mesmo tempo em que se preparava para a chegada de Jesus, a cidade devia estar profundamente feliz com sua partida.

Acompanhando o coro dos pequenos, a árvore de mais de cem metros se acendia gradualmente, da estrela em seu topo até o chão, como se as luzes do céu tentassem alcançar aqueles que se reuniam ali naquela noite. Denise queria que os olhos de Bianca brilhassem menos, porque assim ficava mais difícil ainda para ela se evaporar de Natal. Bianca fez com que sua mão encontrasse a de Denise, que paralisou.

— Amiga, tem um negócio que eu queria lhe dizer — anunciou Bianca, sem tirar os olhos da árvore luminosa e colossal.

Não, agora não. Por que justo agora? Justo quando não tinha mais como voltar atrás. Como se Denise tivesse pouco drama pra lidar. Bianca achou os olhos da amiga. E até abriu a boca para falar.

— Todo ano eles miram no pinheiro de Natal e acertam no peito de cone da Madonna — interrompeu Lúcio, que chegou sem ser percebido.

Denise quase caiu pra trás com o susto e aproveitou para se desvencilhar da mão e do olhar de Bianca. Não fazia sentido aquele assunto naquele momento. Não na véspera da sua partida. Ok que a amiga tecnicamente não sabia que era a véspera da sua partida, mas, ainda assim, havia chegado tarde demais. Nas evasivas de Bianca, de tantas e tantas outras vezes, Denise tinha descoberto um muro difícil de escalar. E pensou que talvez fosse mesmo melhor assim. Celebrou a chegada do amigo que lhe permitiria fugir daquele assunto difícil.

— Amigo, que coisa boa! — Denise o abraçou.

— Mas, sério, parece qualquer coisa menos uma árvore. — Ele retribuiu o abraço sem parar de reclamar. — Parece aquelas luzes projetadas de disco voador pra abduzir o povo e as vacas. Essa cidade é muito cafona.

— Pois eu acho lindas, as luzes — Bianca afirmou, enquanto abraçava o amigo. — Ai, amigo, que coincidência você aqui!

— Coincidência? — Lúcio entortou o nariz. — Denise disse pra eu vir.

— Você chamou ele? — Bianca estava confusa.

— Chamei! — Denise arregalou os olhos. — Tinha problema?

— Não, amiga! — *Tinha.* — Claro que não. — Bianca se adiantou em desfazer o assunto com as mãos. — Nunca que eu ia ter algum problema com Lúcio aqui com a gente.

— Visivelmente tinha.

— Qualquer coisa eu vou embora. — Lúcio ficou sem entender.

— Deixe de falar besteira, Lux. — Denise puxou o amigo pelo braço, usando o apelido que o fazia revirar os olhos.

— Vai embora não... Vamos ficar um pouquinho, nós três. — Se parecia um apelo é porque era.

Bianca esperava algo diferente daquela noite, mas não sabia precisar exatamente o quê. Por muito tempo tentou fugir do sentimento que nutria por Denise, que deixava sua cabeça confusa demais e não parecia que ia se resolver nem tão cedo. Queria não querer as coisas que queria, porém, ainda assim, queria e era mesmo muito difícil essa coisa do querer. Pensou que talvez fosse mesmo melhor Lúcio estar ali com elas, com sua energia de Grinch que roubou o Natal, para as coisas parecerem menos esquisitas, no fim de tudo.

No fim de tudo.

— E como é que tão as coisas, amigo? — Bianca perguntou ao recém-chegado, que se abanava profusamente.

— Fora o calor. — Já previa sua resposta.

— Aí você tá pedindo demais, Bianca — respondeu Lúcio, indignado —, que se tirar o calor aqui, não sobra nada. Mas tô bem. Tô indo. Tô...

— Feliz? — Denise ousou completar.

— É... — Lúcio estava desconfortável — como se fosse.

Denise ergueu a sobrancelha, entendendo que o amigo não estava contando a história inteira.

— Amiga, tu não disse que tava doida pra comer uma maçã do amor? — disparou Denise.

— Falei, foi? — Bianca franziu o cenho. — Tô lembrada não.

— Foi, falou sim, no ônibus, que eu lembro. — Denise reforçou, cheia de certeza, e apontou para um ponto distante. — Olhe ali, onde tá o homenzinho vendendo!

— Ai, pois eu vou lá é agora! — Bianca mal concluiu a frase e já estava dando as costas pros amigos. — Fiquem aqui pra eu encontrar vocês, viu?

— Viiiiiu! — Denise falou alto, para que a amiga lhe ouvisse ao se afastar.

Lúcio olhou sério para Denise.

— Ela disse mesmo que queria? — perguntou.

— Disse não — replicou —, mas deve ter pensado, que ela não nega maçã do amor por nada nesse mundo.

— Mas tu é o cão mesmo, hein? — julgou Lúcio. — Fazendo a menina de besta?

— Ah, porque ela não tá me fazendo de besta, não — ironizou Denise. — É isso que você tá dizendo?

— Nada disso! Eu só acho que você tá fazendo ela de besta também — Lúcio disse dentro de um meio sorriso.

— Mas que você é arriada os quatro pneus por ela, só não vê quem não quer. *E a própria Bianca*. A heterossexualidade faz isso com as pessoas.

Lúcio tinha um jeito especial de irritar Denise, que só a fazia ter vontade de irritá-lo de volta. Às vezes pensava que o único motivo pelo qual andava com o amigo era o fato de que, ao lado dele, Denise parecia até não ser uma péssima pessoa.

Mas hoje deixaria passar. Ele não sabia da missa um terço. Da forma como Bianca a olhava, dos arrepios a cada toque ou de todas as mentiras que Denise se contou para não se ver na situação de merda de estar apaixonada por uma grande amiga. Que estava quase lá. Estava quase conseguindo deixar esse assunto de lado. *Nada que milhares de quilômetros de distância não resolvessem.*

Também não tinha falado nada de sua repentina mudança para Lúcio. Ficou imaginando as caras e bocas que o amigo faria quando lhe contasse a notícia, e se divertiu um pouco. Mas logo se sentiu mal, lembrando de todas as vezes que o amigo havia tentado uma vaga nas agências de São Paulo, sem sucesso. Sentiu-se péssima. Estava cada dia mais difícil ser quem era.

— Sim, mas não foi por isso que eu mandei ela passear. — Denise lembrou, conseguindo sair do looping de pensamentos intrusivos. — Como é que tá com Bento?

— Tá — Lúcio corou —, tá indo...

— Indo pra onde? — insistiu.

— Sei lá, Denise. Ele é muito... — hesitou — ... cheio das coisas dele. Tu não sabe?

— Sei não, Lux. — Denise se cansava facilmente das voltas que o amigo dava. — E se você não começar a falar, aí é que eu não tenho como saber mesmo.

— A gente tem conversado muito, mas só mais pela internet mesmo — Lúcio se permitiu falar. — Ele manda muita música pra eu ouvir, conta do dia dele e também parece interessado quando eu falo das minhas coisas. Mas eu não sei, amiga... Não sei nem se eu devia ter te falado dessa história, pra começo de conversa. Não sei nem se é mesmo uma história! Parece tudo tão...

— Tão o quê? — Denise puxou.

— Errado — Lúcio completou.

— Ai, amigo, mas isso é noia sua, porque você estudou naquele colégio de freira e elas colocaram um monte de culpa católica na sua cabeça. — Denise se chateou. — Tem nada de errado! O menino tá te paquerando e você tá paquerando ele de volta! Normal. Completamente normal.

Lúcio até pensou em discordar da amiga, mas percebeu que não teria argumentos. Denise estava certa, como em tantas outras vezes. Queria não precisar tanto da amiga para chegar às mais simples conclusões. Imaginou que devia ser cansativo para ela lidar com todas as suas neuras, que não conseguia dividir com mais ninguém.

— Inclusive, amiga — Lúcio completou —, obrigado por conversar com ele. No começo eu achava que não fazia sentido, que não precisava, mas eu tô sentindo ele bem mais solto? — Terminou a frase como quem se pergunta.

Denise ouviu as palavras como facas lhe atravessando. Os amigos não tinham mesmo ideia. Em algumas horas, não estaria mais ali para dividir o banco de ônibus com Bianca ou ajudar Lúcio a enxergar a saída do labirinto de noias. Ainda não sabia como dar aquela notícia, mas tinha até o fim da noite para descobrir. Bianca se aproximou com um sorriso gigante estampado no rosto e três maçãs do amor em mãos.

— Ô, amiga, que invenção! — disse Lúcio, tentando despregar o caramelo da maçã que a amiga lhe comprara das demais.

— Deixe de coisa que era três por dez. — Bianca não resistia a uma boa promoção.

Entregou a terceira maçã a Denise, que lhe agradeceu com um sorriso carinhoso. Sentiria muita falta deles dois. Eram o mais próximo que ela poderia chamar de família em Natal. Não era bonita aquela despedida, coroada pela luminosa árvore de Natal? Talvez ali, sentindo o doce caramelo colorido da maçã do amor ao lado dos amigos que lhe acolheram naquela cidade, talvez ali fosse o momento de falar para eles. Talvez não precisaria omitir nenhum detalhe. Eles saberiam guardar segredo, não saberiam? Seria bom ter mais alguém torcendo por ela. Denise então quase abriu a boca para falar.

— Amigas, pois eu vou me organizando aqui pra ir embora, que já tá quase dando minha hora. — Lúcio olhava atento para o mostrador do relógio no celular. — Mas foi ótima essa passadinha! No fim de semana a gente combina alguma coisa.

— O quê? — Denise reagiu com mais intensidade que gostaria.

— Que é isso, amigo? — Bianca acompanhou a revolta de Denise, pois era afeita a intensidades. — Tá cedo!

— É, menino! Vai fazer o que em casa? — Denise tentou parecer leve e descontraída. — Coisa do trabalho, é?

— Não, não tô indo pra casa, não. — Lúcio rebateu, chateado. — É que eu tenho um negócio pra fazer agora. — Tentou encerrar o assunto.

— E é o que esse negócio? — Denise não se daria por satisfeita.

— O pessoal tá se juntando lá em Ponta Negra pra ver a superlua — Lúcio respondeu com palavras, porque se bufasse não seria compreendido. — No pé do Morro do Careca.

— Tu, indo à praia por livre e espontânea vontade? — Bianca estranhou e tentou arrancar mais um pedaço da maçã do amor.

— E ainda mais em Ponta Negra, que tu vive falando que as pedras perto do calçadão são cheias de ratos? — Encucou Denise.

— É porque são! — Lúcio indignou-se. — Denise, mulher, você tava lá e viu o tamanho do gabiru que passou em cima do meu pé aquele dia!
— Eu quero ver a lua também! — Bianca cruzou os braços. — A gente não pode ir, não?
— Pois é! — Denise encarrilhou. — Quem é esse povo que você vai ver lá que a gente não pode ir com você, Lux?
— Eu disse que vocês não podiam ir comigo? — Lúcio se revoltava sempre que a amiga colocava palavras na sua boca.
— Quem foi que lhe chamou? — Denise o encurralou.
— Foi BENTO, Denise! — Lúcio cedeu. — Quem me chamou pra ir ver a superlua na praia hoje foi BENTO! Satisfeita?
Denise engoliu em seco.
— Bentinho! — Bianca se iluminou. — Ai, que coisa boa! Tem é tempo que eu não falo com ele. Vai ser ótimo! A gente pode ir de carona com você, né, amigo?
— Claro, Bianca — Lúcio respondeu com falsa empolgação. — Vai ser ótimo! — E olhou para Denise.
Pânico, terror e aflição.

***

Denise entrou no carro de Lúcio sem saber exatamente o que estava fazendo. Podia facilmente ter desconversado e deixado o amigo ir sozinho para seu encontro romântico à luz da lua. Mas aí teria ela mesma que lidar com tudo aquilo que sua amiga queria lhe falar e que ela não estava interessada em ouvir. Pois já fazia muito tempo, e qualquer palavra vinda da boca de Bianca lhe alcançaria com ares de tarde demais.

Também não queria que seu último momento com Lúcio fosse daquele jeito, sem que o amigo tivesse a chance de se despedir de verdade. Seria muito cruel de sua parte, e ela gostava de imaginar que poderia não ser uma pessoa cruel. Talvez fizesse mais sentido mesmo anunciar aos amigos sua partida na beira do mar, sob a luz da lua, de um jeito bem poético. Ou talvez só quisesse mesmo sentir a água morna do mar de Ponta Negra beijando seus pés uma última vez.

— Amigo, esse carro não tem som, não? — perguntou Bianca, pois odiava silêncios.

— Tô pra levar ele na oficina faz tempo — Lúcio explicou, enquanto fazia uma curva. — O rádio parou de funcionar e agora só tá pegando CD, aí não tenho mais nenhum. — Deu de ombros.

— Pois não seja por isso. — Denise alcançou dentro de sua bolsa a tiracolo uma coletânea de Marina Lima. — Sem música a gente não fica!

— Menina, tu anda com esse CD pra cima e pra baixo, é? — No banco de trás, Bianca se surpreendeu. — Admira não ter feito um buraco ainda!

— Tu não sabe que ela é meio mística? — disse Lúcio, debochado, enquanto Denise inseria o disco na abertura quase invisível. — Deve ter alguma superstição aí.

— Nada de místico — Denise explicou, enquanto buscava a canção que queria ouvir — Apenas fatos comprovados: nada de ruim pode acontecer enquanto uma música de Marina Lima estiver tocando — finaliza ela, como costumava dizer.

Play.

Eu espero
Acontecimentos
Só que quando anoitece
É festa no outro apartamento

Seguiram embalados por aquela canção na avenida que levava à praia, enquanto Denise tomava seu tempo se despedindo silenciosamente de cada poste, cada árvore, cada iluminação natalina. Ninguém sabia quanto lhe doía aquele momento. Sentia-se abandonando o lugar que havia escolhido pra ser. Pra existir enquanto pessoa.

Na sua mente se repetia a imagem que Portinari havia criado para retratar os retirantes que buscavam, em outro lugar, uma forma de sobreviver. Queria não precisar repetir a história de tantos e tantos dos seus. Queria ser mais forte. Queria resistir. Queria ser muitas coisas, mas podia muito pouco. Pois tudo que podia ser era aquilo que era. Deixou uma lágrima escapar.

— O que foi, amiga? — perguntou Lúcio, notando seus olhos marejados.

— Nada não — ela respondeu —, é essa cidade que é linda demais e eu às vezes me emociono.

— Pior que a bicha é bonita mesmo — Bianca concordou, enquanto abaixava o vidro do carro, deixando entrar todo aquele ar com gosto de mar. — Tamos já chegando.

***

O céu ainda estava coberto de nuvens quando Denise, Lúcio e Bianca desceram a estreita escada que levava à beira da praia. A brisa marítima logo envolveu os amigos, fazendo-os esquecer daquele que parecia ser o verão mais quente de suas vidas. — Denise descalçou as sandálias, fazendo com que seus pés encontrassem a areia macia e morna daquela noite. Sorriu involuntariamente. Lúcio estava inquieto, a cabeça virando de um lado para o outro.

— Lá está ele! — Bianca apontou para o rapaz que tocava violão sozinho, sentado em cima de uma canga, já bem próximo ao pé do morro. — Bentinho! — exclamou.

Bento se levantou, batendo a areia da bermuda, para receber os recém-chegados.

— Oi, gente! — Ele estava surpreso. — Que coisa boa, Lúcio! Você trouxe mais gente. — Mas não era uma surpresa negativa.

— Foi, eu tava lá na árvore de Natal com as meninas — Lúcio suspirou, tentando esconder o descontentamento —, e, quando disse que vinha ver você aqui, elas fizeram questão de vir junto.

— Também, não é todo dia que a gente tem como assistir um espetáculo da natureza como esse, né? — Na boca de Denise, tudo soava mais grandioso.

— Isso se a lua sair — Bianca pontuou, olhando para o céu que seguia enevoado.

— Se não sair, Lúcio desenha uma pra gente no chão.

— Bento sorriu para o amigo e Lúcio sentiu derreter-se por dentro.

Bento era uma das únicas pessoas pra quem Lúcio mostrava seus desenhos. Achava meio desnecessário que aquelas imagens fossem conhecidas pelo resto do mundo. Tinha um quê de muito pessoal em tudo que produzia, e apresentar sua produção para terceiros lhe cobria de aflição. Denise era contra, achava que o amigo já devia estar ganhando as mídias sociais com sua arte e que só não o fazia por medo do julgamento alheio. O que também era verdade, Lúcio sabia.

— E que bom ver você, Denise. — Bento olhou para a amiga. — E aí? Como é que você tá?

— Eu tô bem! — Denise esboçou um sorriso falso. — Tô ótima! Podendo curtir essa noite maravilhosa aqui com vocês — desconversou.

— Isso é vinho? — Bianca perguntou, levantando o botijão de cinco litros com uma figura religiosa estampada na frente, que parecia apoiar uma das pontas da canga pra que não voasse. — Nossa, eu amo vinho assim, desses bem docinhos. — Seus olhos brilharam.

O anfitrião pegou uma pilha de copos descartáveis na bolsa e ofereceu aos amigos. Lúcio negou, mais por ter medo do que pudesse acontecer ao ficar bêbado perto do amigo do que por estar dirigindo, o que dizia muito sobre sua bússola moral. Bento preencheu o copo de Bianca e depois o de Denise, e, logo em seguida, o braço de Bianca já estava novamente estendido, esperando o refil daquela mistura de álcool, açúcar e tintura violeta.

— O que foi? — Bianca olhou para os amigos, enquanto era mais uma vez servida por Bento. — Eu tava com sede.

— Amiga, mas você sabe que não é assim que funciona, né? — Lúcio questionou, genuinamente preocupado.

Denise coçou a nuca, como quem prevê uma tempestade. Bianca sorvia as gotas do coquetel químico como quem buscava algo que apagasse as vozes da própria cabeça. Não queria lidar com tudo que existia entre ela e a amiga. Queria que as coisas fossem mais simples, como eram antes, quando essas questões não lhes circundavam. Quando achava que eram só grandes amigas inseparáveis que queriam estar perto uma da outra o tempo todo.

A praia de Ponta Negra era muito bonita à noite. Nada como o véu noturno do breu pra tornar tudo mais misterioso e encantador. A brisa da noite fazia farfalhar a mata tropical que enfeitava os entornos do Morro do Careca. Pequenos grupos de pessoas por todos os lados confraternizavam à espera da aparição lunar, mas o céu permanecia completamente coberto por nuvens. Bento se acomodou na canga, com o violão no colo, e Lúcio sentiu o impulso de se sentar ao seu lado. Bianca e Denise o acompanharam.

— E aí, Lúcio? — Bento perguntou. — Quer ouvir o quê?

— Como se você soubesse tocar alguma coisa que não seja Kid Abelha — Lúcio brincou.

Bento riu e começou a dedilhar no instrumento musical a canção de amor que Caetano escreveu para Gal Costa nos anos 1970. Lúcio sentiu todas as suas defesas se dissolvendo, enquanto ouvia aquela voz que tanto lhe encantava e habitava seus sonhos. Denise mergulhou na melodia como se todos os sentimentos que aquelas palavras e sons lhe provocavam fossem inevitáveis. Bianca encheu mais um copo. E mais um. E o céu não parecia que iria abrir em nenhum momento.

Denise pediu um momento aos amigos e caminhou sozinha na direção do mar. Precisava daquilo. Seria de lá até sabia-se lá quando. A música entoada pela voz de Bento se demorava em sua cabeça, quase como se falasse dela própria. Quanto mais se aproximava do beiço do mar, mais o barulho das ondas se sobrepunha aos seus pensamentos, suas questões e ansiedades. O mar era sempre maior que qualquer inquietação que pudesse ter. Ele estava sempre lá para lembrá-la de quão pequena ela era e de quão passageiro era tudo. Respirou fundo, fechou os olhos e deixou que as primeiras ondinhas tocassem seus dedos. Naquele breve momento eterno, enquanto o mar se quebrava em ondas majestosas à sua frente e dentro de seus ouvidos, desejou de novo ser a água, ela mesma. E ficou ali o tempo que achou preciso para poder se despedir devidamente daquele que era o seu mar.

Quando virou de costas e seguiu à procura dos amigos, percebeu que Bento estava sozinho e sentiu-se de novo tragada para o mundo real.

— O que foi que houve? — perguntou, confusa, sentando-se na canga.

— Bianca vomitou em Lúcio. — Bento cerrou os dentes. — Eles foram no carro pra ele trocar de camisa e ver se ela toma uma água.

— Mas também, aquele monte de vinho fuleiro. — Denise espremeu o rosto. — Ela tava pedindo pra ficar assim.

— Que é isso, meu vinho é de altíssima qualidade! — Bento brincou.

Denise riu com o amigo.

— Você já falou pra eles? — Bento brincava com as cordas do violão. — Que tá indo embora?

— Falei nada... — Denise confessou. — Tive coragem ainda não.

— E quando é o seu voo mesmo? — Bento tentou lembrar.

— Amanhã de manhã. — Denise riu de desespero.

Bento se juntou à amiga.

— Mas e aí? — perguntou. — Tás feliz? Animada?

— Sei lá... Eu não tô conseguindo pensar muito. — Denise passou a mão entre os cabelos. — E aconteceu tudo tão rápido que eu só tava preocupada em resolver meus documentos, mala, comprar roupa, pois percebi que eu não tenho uma roupa. E depois, tem isso de como falar pra os meninos que eu tô indo embora, quando não posso falar pra ninguém por que eu tô indo embora, mas que, ao mesmo tempo, contei pra você por que eu tô indo embora, então a minha cabeça tá uma confusão só e não sei direito o que deveria estar sentindo ou fazendo. Eu só queria... desaparecer.

— Mas você vai! — Bento sorriu. — Não é massa, não? A sensação de tá indo pra outro canto, começar do zero, poder ser uma nova versão de si? Tem dias que eu daria tudo pra me reinventar.

— Eu sei — Denise suspirou —, é só que eu fico meio assim de ir embora. Eu gosto muito daqui. De Natal. Dos meninos. Eu não vivo uma vida ruim, não. Eu só não queria ter que passar o resto dos meus dias trabalhando com o que eu não gosto — confessou.

— Ô, Denise! — Bento deixou o violão de lado e chegou mais perto da amiga. — Não fique assim, não... O que você tá fazendo é muito massa. Tu vai brilhar muito. Vai ser uma estrela. E vai levar não só o seu nome, como o nome da nossa cidade também, pra onde for! Você não sabe que toda vez que um dos nossos vence, a gente vence também?

Denise olhou nos olhos de Bento. Sabia muito bem por que havia dividido o segredo com o amigo. Desde que convencera Lúcio a deixá-la engatilhar aquela operação cupido, sentia-se cada vez mais acolhida pelas palavras de

Bento. Ele sempre sabia o que dizer. Sempre sabia como fazer Denise se sentir uma versão *menos pior* de si própria e, na maioria dos dias, isso era tudo o que ela precisava.

— E outra, você não é responsável pela vida de ninguém — continuou Bento. — Claro que os meninos vão sentir a sua falta, mas você não é mãe deles. Não tá cometendo alienação parental. Mesmo que eles fiquem sem chão, eles vão entender, com o tempo. A vida tem dessas coisas de fazer o caminho da gente desviar de algumas pessoas, mas isso não significa que seja pra sempre. Pouca coisa na vida é pra sempre.

Era isso que precisava ouvir. Exatamente isso. Seu coração começou a bater mais rápido e seus olhos marejaram. O amigo a afagou em seus braços.

— Brigada, Bentinho — Denise disse entre lágrimas. — Por tudo.

— Não deixe que ninguém faça você se sentir mal por correr atrás dos seus sonhos. — Bento a apertou forte. — Agora quero saber como é que eu vou ficar, sabendo que eu não vou mais te ver.

Denise sentiu o compasso do peito do amigo de perto demais. Sentiu várias coisas que achava que não devia sentir. Sentiu o peso dos últimos dias e como havia sido importante a presença de Bento neles, até para esquecer um pouco de tudo que sentia por Bianca. Sentiu-se uma péssima pessoa por todos os pensamentos que estava tendo e como esses pensamentos iam de encontro direto com o bem-estar dos amigos. Mas pensou também que só conseguiria ser feliz de verdade quando deixasse de viver a vida dos outros e começasse a viver a sua própria. As nuvens, que já se afastavam aos poucos, deixaram ver a luz completa e vermelha da superlua, brilhando gigante e intensa no meio do céu.

Ela puxou Bento para um beijo longo e demorado. Seria a sua despedida. *Adeus, Bento. Foi bom poder lhe conhecer de verdade.* Esse era só mais um dos motivos pelos quais teria que ir embora dali. *Até mais ver.* A mística lua tingida de sangue foi testemunha daquele pequeno momento puro de amor que nunca poderia ser.

Antes tivesse sido só a lua.

Denise abriu os olhos e percebeu que Lúcio a encarava, imóvel e inexpressivo. Ao se tocar que a amiga estava prestes a se levantar para explicar aquilo que não poderia ser explicado, ele deu as costas e seguiu de novo a rota até o carro. Denise tentou alcançá-lo, mas sua voz já não tinha efeito algum em fazer o amigo virar-se para vê-la.

Não hoje. Lúcio pensou enquanto pisava forte pelo calçadão. Em outro dia, ele lidaria com aquilo. Hoje, tudo que precisava era apenas não ter que olhar mais a cara de pau de Denise. Hoje, tudo que precisava era sair urgentemente dali, encontrar Bianca na loja de conveniência e ir embora para casa. Se estivesse em casa, não estaria se sujeitando a passar pelo tipo de coisa que tinha passado naquele dia. Ele devia ter imaginado que Denise ia dar uma de Denise e fazer tudo ser sobre ela. De novo e de novo e de novo e de novo.

Desistindo de correr atrás de Lúcio, Denise se sentou em um banco mal-arrumado do calçadão e chorou copiosamente, abraçada aos joelhos. Bento a encontrou e se sentou ao seu lado, com o violão encapado atravessado nas costas.

— E agora? — Bento perguntou a Denise, pois tinha suas próprias questões, também.

— Agora? — Denise tomou o seu tempo para enxugar as lágrimas na folgada calça colorida que vestia. — Agora é viver.

***

Na manhã seguinte, dentro do táxi que seguia para o aeroporto, Denise se despediu das últimas coisas. Viadutos, prédios, sinais de trânsito, a ponte que fazia um arco imenso por cima do rio Potengi. Natal. Despediu-se de Natal, aquela cidade que lhe acolheu quando mais precisou. Quando, pela primeira vez, arrumou as malas e saiu do interior para estudar na capital, sem conhecer nada nem ninguém. Quando sua mãe juntou o pouco que tinha e enrolou dentro de um lencinho que entregou à filha, na esperança de que sua descendência pudesse encontrar dias melhores perto das franjas do mar.

Lembrou das palavras da sua mãe quando dizia que o mundo era imenso e todo dela, mas que era sempre importante ter pra onde voltar. Queria entender melhor as palavras da mãe, pois tudo que sentia, naquele momento, é que precisava correr o mais rápido que fosse. Que não havia nada a fazer a não ser tentar se tornar uma nova versão de si, com a qual conseguisse lidar melhor.

Naquele dia, o céu estava profundamente lindo e azul. Tinha chovido a madrugada inteira, descortinando o que agora parecia o sol mais prepotente de todos os tempos. Denise gostava daquele sol. Se despediu dele também.

Desceu a mala do bagageiro do carro e agradeceu à taxista, que lhe acompanhara silenciosamente por toda a jornada. Sentiu uma última vez a maresia tocar sua pele. Tinham sido bons, os últimos anos. Mas era hora de mudar.

    Puxou o carrinho da mala com firmeza e passou por todas as etapas prévias ao embarque, deixando em cada uma delas um pedaço daquilo que acreditava ser seu. Nunca era. *A gente sempre carrega mais coisa do que precisa.* Olhou o celular para conferir o cartão de embarque e percebeu que Bianca havia lhe mandado uma mensagem. Sem pensar muito, bloqueou o número. Não precisava levar aquilo em sua bagagem. Era muito pesado. Podia ficar em Natal. Aproveitou que estava com o celular na mão e bloqueou Lúcio também. Não que ela achasse que o amigo fosse procurá-la. Esse aí não queria vê-la mais nem se fosse tingida de ouro. Respirou fundo, aliviada.

    Era mesmo boa, essa sensação. Bento estava certo. Daquele momento pra frente, um mundo de possibilidades se abriria para ela. Daquele momento pra frente, não precisaria pensar na Denise maluca que dava trabalho pros amigos, pois ela tinha ficado em Natal. Daquele momento pra frente, parecia até que lhe sobrava mais ar pra respirar. Mais espaço para ser, o que quer que fosse.

    No celular, uma última mensagem de Bento lhe tirou do transe em que estava.

    "Boa sorte! Boa viagem!", ele disse.

    "Obrigada!", ela respondeu ligeira. "Agora é viver!"

    E como um movimento final de sua passagem por Natal, bloqueou também o número que carregava a pequena foto de Bento no aplicativo de mensagens.

    Sentada em cima da mala, na área de embarque do aeroporto, sentia-se sozinha, mas não era afeita a arrependimentos. Posicionou o celular de modo a capturar seu melhor ângulo, para que todos soubessem que estava muito bem. Encaixou dois ou três *gifs* por cima da foto e passou um tempo encarando séria sua imagem sorridente no celular. Precisava dizer alguma coisa, então escreveu em fonte datilográfica por cima da imagem que publicaria em instantes:

"O último que sair, apague a luz."

O PRÍNCIPE FANTASMA

Cristina Bomfim

ILUSTRAÇÃO:
Luana Gurgel
@lulooca

Em todas as bibliotecas e pequenas livrarias, por menores que sejam, existem personagens aprisionados em histórias, almejando o dia que serão libertados.

***

Anastásia não gostava de admitir para seus familiares que a única razão de ter se matriculado naquela universidade fora apenas pela bela biblioteca; sabia que eles não aprovariam; exceto sua mãe, se ainda fosse viva. Para a garota fazia total sentido: para ser bibliotecária, ela *precisava* se formar em uma bela biblioteca, cercada de belos livros e histórias mágicas. Óbvio que ela escolhera a faculdade certa.

O ano estava se encerrando, em alguns dias ela ficaria longe dos livros que tanto apreciava; precisava aproveitar ao máximo. Anastásia chegou à biblioteca e suspirou como se fosse a primeira vez que via aquela entrada. O topo do prédio possuía o símbolo enorme de uma ave azul com uma coroa laranja na cabeça, ele era como o início do verão. Foi graças a esse pássaro que nasceu a Universidade Tangará de Curitiba.

O grande sonho de Anastásia era se formar e começar a trabalhar na biblioteca da faculdade. O livreiro, que se afeiçoara muito à pupila, já havia prometido indicá-la para seu cargo quando se aposentasse, o que aconteceria em breve. Ao mesmo tempo em que ela estava empolgada, também admitia que sentiria falta dele, sua companhia era, de fato, agradável.

Anastásia estava animada para mais um dia de trabalho. Ela usava um vestido florido azul-claro, bem leve e confortável, e o cabelo, com fios castanho-claros e franja, pairava na altura do queixo. Sua pele era branca, e ela tinha as bochechas bem rosadas, os olhos eram grandes e castanhos. Ela escreveu seu nome completo no documento acima da mesa: "Anastásia Park Rodrigues", e anotou também o horário de sua chegada. Depois de mais uns passos entusiasmados, ela avistou uma cena confusa, o livreiro empacotava livros com a expressão enfadonha, algo não estava certo.

— Seu Álvaro, o que está fazendo? — Anastásia perguntou. — Não lembro de ter catalogado esses livros ainda.

— Não será necessário, querida — respondeu sem olhar para ela.

— Mas, se esses livros ficarem em caixas, eles podem deteriorar com o tempo. Estou demorando muito? Me perdoe, seu Álvaro, prometo me distrair menos hoje.

O livreiro se levantou e suspirou fundo.

— Você é excepcional em tudo que faz, Anastásia, mas isso está fora do nosso alcance.

— Do que está falando, senhor?

O homem balbuciou um pouco, sabia que a reação não seria das melhores.

— A universidade vai demolir a biblioteca.

— O quê?! — ela exclamou sem acreditar. — Mas por quê? Nossa biblioteca é a maior relíquia da instituição!
— Pelo que parece, ela não é popular. E não é barato manter esse lugar, tudo é muito antigo, qualquer pequena reforma causa um bom prejuízo à faculdade.
— Mas a biblioteca é um patrimônio!
O livreiro soltou uma risada abafada.
— Para nós, de fato, é, mas legalmente não é um patrimônio histórico.
— O senhor não tinha entrado com alguma ação sobre isso?
— Sim, querida, mas sabe como é a burocracia do nosso país, eles vão demolir a biblioteca antes desses documentos saírem.
— Quando farão isso?
— Durante as férias. Infelizmente, quando você voltar, este local será outra coisa.
— Não! — Anastásia exclamou e deu meia-volta.
O senhor Álvaro observava a pupila abandonar o local com passos pesados. Ele sorriu, pegou um livro entre as caixas, tirou a poeira e abriu na primeira página.
— Sua libertação está para chegar, pequeno fantasma, espero que seja mais sábio dessa vez.

* * *

— E é por isso que devemos manter a Biblioteca Tangará!
— Anastásia finalizou com eloquência após mostrar o último slide da sua apresentação.
O diretor e o vice se olharam, arqueando as sobrancelhas, suspiraram lentamente e um deles esclareceu:

— A biblioteca será demolida mesmo assim, Anastásia.
— Ah, ok, vejo que não prestaram muita atenção nos dados que apresentei. Mas sem problemas, posso falar de novo. Então, voltando à origem do pássaro...
— Nós já entendemos! — o diretor exclamou, irritado.
— Se ainda querem demolir o local, é porque não entenderam! — Anastásia revidou.

O homem se virou para seu vice:
— Veja se posso lidar com o desrespeito dessa aluna!
— Não podem fazer isso com um local que carrega tanta riqueza de conhecimento. Temos edições únicas, que nenhuma outra biblioteca tem — ela voltou a argumentar.
— Anastásia, entendo seu apreço pelo espaço — o vice discorreu —, mas ninguém usa aquela biblioteca. Temos locais melhores e mais modernos para estudar. Lá tem poucas tomadas para os alunos ligarem seus computadores e, pra essa geração, ter uma tomada ao lado da mesa é obrigatório. Não temos condições de instalar uma nova rede elétrica só para aquele lugar, seria um custo gigantesco. O que é mais inútil precisa ser descartado.
— *Inútil?*
— A biblioteca se tornará o centro de EAD, com equipamentos modernos e muito mais qualidade para as aulas à distância.
— Se a questão é descartar o inútil, que tal demolirem o centro da diretoria?
— O quê?
— Aqui eu vejo um lugar totalmente inutilizado, tem espaço de sobra, precisam mesmo de uma sala deste tamanho para uma pessoa só? — Depois da biblioteca, o centro da diretoria era a maior construção do campus.

Os homens se olharam contrariados, e o diretor tomou a frente para finalizar.

— Se tiver uma ideia para arrecadar fundos e manter a biblioteca, nós aceitaremos de bom grado — comentou com tom sarcástico. — Enquanto isso, pode ir selecionando os livros que serão transferidos, talvez, para a sala de estudos do bloco verde.

Anastásia pensou um pouco antes de responder:

— De quanto precisam?

O homem anotou o valor em um papel e entregou a Anastásia. Ela fez alguns cálculos de cabeça. Somente algo grandioso poderia pagar os custos daquele lugar.

— Tem que haver algum jeito.

— Sem ideias? Puxa vida, então o plano continua. Até mais, senhorita Anastásia.

— Mas...

— Até mais! — repetiu com firmeza.

* * *

Depois da reunião com os diretores, ela chorou a noite toda. Pela manhã, seus olhos ainda estavam um pouco inchados. Era a primeira vez em anos que Anastásia não sorria ao parar em frente à biblioteca. Ela deu mais alguns passos à frente para ficar na sombra. O verão estava chegando, Anastásia viu que os funcionários já começavam a colocar enfeites de Natal; era para ser um momento feliz, mas ela não conseguia sorrir.

* * *

— Pode me passar esse livro com a capa vermelha?
— O quê? — A garota segurou o livro contra o peito.
— Eu não tinha catalogado esse ainda — murmurou. — Se um dia a internet sumir do planeta, vai ser bem mais difícil encontrar esse livro sem a catalogação.
— Vamos deixar nas mãos do destino.
— Não existe destino, apenas coincidências. O que seria o destino?

O livreiro suspirou com um sorriso antes de responder:
— O destino é quando Deus une almas que precisam se encontrar. Não importa o tempo ou a era, alguns caminhos e corações precisam ser traçados, mesmo que uma barreira de tempo seja quebrada. O destino é o propósito divino do qual ninguém pode fugir.
— Bom, eu não preciso encontrar ninguém.
— Mas talvez alguém precise encontrar você.

Anastásia bufou baixinho. Às vezes o senhor Álvaro era enigmático demais. Por fora, ele parecia apenas um senhor de idade, mas ela sentia que, por dentro, tinha magia em seu coração. Ela o via falar com os livros e até dançar com eles. Era como se ele lesse contos de fadas para as próprias fadinhas das histórias, espalhadas entre as estantes. E isso fazia ela gostar ainda mais de sua companhia.

— Vai ser muito difícil escolher o que vai ficar — lamentou.
— De fato. Quer me passar o que você já escolheu?
— Claro.

A jovem estava prestes a pegar a caixa quando viu de relance um livro de capa amarela em um idioma familiar. De maneira instintiva, ela o pegou e o folheou.

— Não sabia que tínhamos livros de autores coreanos — comentou com um sorriso.

— Ah, sim, acredito que seja o único, sempre fiquei curioso com o que tinha nessa história. Tentei estudar um pouco de coreano, e entendi apenas que é a história de um príncipe, como milhares de outras.

— Posso tentar ler para o senhor, se quiser.

— Eu adoraria! Sabe, dizem que quando lemos um livro, nós libertamos os personagens dentro dele.

— Esse aqui devia estar preso há muito tempo então.

O livreiro lhe lançou um sorriso gentil e Anastásia se dispôs a ler.

— *O príncipe do verão* — ela entoou o título. — Certa vez, existia um belo príncipe, nascido no primeiro dia do verão. Ele estava prestes a completar vinte cinco anos de idade, e passara da hora de encontrar uma esposa. Tudo o que seus súditos mais queriam era ver os filhos do verão trazendo alegria ao pequeno reino, assim como o príncipe já fazia. Por se tratar de um estado isolado, o príncipe teve dificuldade para encontrar esposas à disposição, mas, por seu povo, ele precisava achar a melhor. O príncipe partiu em uma jornada para encontrar aquela que receberia o título de princesa do verão. Somente a mais perfeita criatura poderia ocupar esse cargo. O príncipe, primeiro, foi falar com a grande dona do veraneio, ela seria a esposa ideal. O Sol. O príncipe lhe propôs e jurou amor eterno, que sempre seria fiel aos seus raios incandescentes, mas o Sol lhe negou seu amor, afirmando que a Nuvem seria a melhor pretendente, pois as nuvens faziam o verão mais agradável dando sombra aos seus súditos. Ela, portanto, seria a mais grandiosa para esse trono. O príncipe concordou e foi em busca da Nuvem; ao encontrá-la, jurou amor eterno, pois ela era a coisa mais grandiosa do universo. A Nuvem, no entanto, negou tal afirmação, contestando que ainda havia criatura melhor que ela para ocupar a posição, afinal, o que seria do verão sem o vento para aliviar o calor que chegava de supetão? Era óbvio, o Vento seria a esposa ideal para fazer aquele reino muito feliz. Mais uma vez, o príncipe concordou e partiu em busca do seu amor.

Anastásia admirava a ilustração do príncipe, era muito bonita, ela sorriu ao imaginar toda aquela cena acontecendo de verdade. A jovem continuou a leitura:

— Ao se encontrar com o Vento, o príncipe elogiou sua força e seu sopro, poderoso o suficiente para proteger os habitantes de seu reino, por isso ela seria a esposa perfeita. O Vento agradeceu o elogio. Há boatos que, naquele dia, o vento teve cheiro de framboesa por ter ficado corada ao receber tão belo cumprimento. Mas para a tristeza do jovem príncipe, o Vento também negou seu pedido, afirmando que não era a melhor escolha, pois o grande Castelo de Pedra, que ficava no alto das montanhas, era sua real escolhida. Ela disse ao príncipe que por mais que todos amassem o Sol, a Nuvem e o Vento, era naquele Castelo de Pedras que as pessoas preferiam repousar, pois ali tinham noites de verão muito mais tranquilas e refrescantes. Sendo assim, o Castelo de Pedras, certamente, faria o príncipe verdadeiramente feliz. Mesmo intrigado, o príncipe concordou, afinal, nada mais seguro para seus súditos do que um teto para protegê-los. Após uma longa viagem, o príncipe finalmente encontrou o grande Castelo de Pedras, se ajoelhou diante dele e pediu as pedras que o formavam em casamento. O Castelo agradeceu o pedido, mas precisou corrigir o jovem príncipe. De fato, o Castelo era o mais grandioso de todos, pois, em todo verão, fosse dia ou fosse noite, ele permanecia o mesmo sob a luz e a escuridão. Que mesmo com o calor do Sol, os relâmpagos das Nuvens e a força do Vento, o Castelo era o único que permaneceria inalterável. O príncipe festejou de alegria: havia encontrado, enfim, sua esposa. Mas o Castelo ainda tinha coisas a dizer. É claro que aceitaria o pedido, mas ainda existia algo maior. Por mais grandioso que fosse, a humana tinha poder de montá-lo e desmontá-lo. Se um dia a humana decidisse pôr um fim nele, bastava remover sua base, já que ela tinha esse domínio sobre suas pedras. Por isso, a esposa perfeita seria a humana daquele castelo.

O príncipe espiara um lindo baile o aguardando; ali, em meio à música e aos majestosos candelabros, ele encontraria quem procurava. Apesar de feliz, estava exausto de tanto ser recusado. Ao longo da viagem, contraíra uma doença e, com o corpo debilitado, morreu de coração partido por nunca ter conseguido alcançar a sua esposa.

Anastásia se virou para o livreiro com o olhar indignado.

— Não acredito que termina assim, ele morreu de tristeza!

— Acho que ainda tem mais uma página. — O senhor Álvaro pontuou.

A garota virou a última página e terminou a história.

— Deus teve pena do jovem príncipe e convocou o Sol, a Nuvem, o Vento e o Castelo de Pedras para um anúncio: ele o transformaria em um fantasma, e se um dia o príncipe encontrasse aquela que carregava a beleza do verão e a fizesse se apaixonar por ele, então seria transformado em humano novamente e viveriam felizes para sempre.

Assim, todos os anos, no primeiro dia do verão, o príncipe fantasma se transformava em humano e tinha até a meia-noite para conseguir o beijo de amor verdadeiro. Até hoje, ele continua sua procura. Fim.

— Pobrezinho — Álvaro murmurou.

Uma grande ideia surgiu enquanto Anastásia admirava o desenho do baile.

— Vamos fazer uma festa para o príncipe!

— O quê?

— O baile que ele perdeu! Olha essa biblioteca, parece que saiu de um romance de época. E se fizéssemos um baile no primeiro dia do verão, que vai ser em...

— Vinte e dois de dezembro.

— Ah, justo nesse dia esse ano... — murmurou, mas decidiu não dar importância. — Perfeito! Faremos um baile incrível, todo decorado, e as pessoas vão pagar para comparecer vestindo roupas temáticas, com música ao vivo, uma *vibe* meio *Orgulho e preconceito*, sabe? Consigo até imaginar... O baile do verão! — Anastásia já pensava quão linda a biblioteca ficaria. — Tenho certeza de que conseguiremos o dinheiro que a faculdade precisa.

— Brilhante! Precisamos correr, temos dois meses até a libertação do príncipe.

Anastásia concordou, já pronta para começar os preparativos. De repente, olhou para trás, encarando o livro.

— Posso levar para casa?

— Claro.

Ela agradeceu com um sorriso, pegou o conto do príncipe e partiu com ideias fervendo em sua mente.

***

Anastásia acordou devagar em sua cama, escutando a conversa dos avós. Começou a resmungar, pedindo silêncio: ainda dava tempo de dormir mais, antes de se atrasar para pegar o ônibus. Em seguida, abriu os olhos e lembrou que não morava mais com os avós há muitos meses, então deu um grito assustado quando se deparou com um homem vestindo roupas pomposas bem no meio do seu quarto.

Sem pensar direito, ela pegou o spray de pimenta que ficava em cima da cabeceira e jogou no homem, ainda sem parar de gritar. Ele parecia confuso e até envergonhado ao ver que a garota estava de pijama. Anastásia notou que o spray passou pelo seu rosto como se não fosse nada e ficou apenas o encarando, em estado de choque.

— Leva tudo — falou, quase sem conseguir abrir a boca.

— Como? — O homem perguntou confuso.

— Pode levar tudo, só me deixa em paz.

— Anastásia, acho que é um engano. Eu não poderia te tocar nem se quisesse.

Ele levantou a mão e tocou no cabideiro de Anastásia, mas seus dedos passaram direto pelo objeto. Os olhos da jovem se arregalaram; nunca tinha visto algo assim.

— O que você é?

— Sou o príncipe! — afirmou com um sorriso.

— Príncipe... — Anastásia murmurou enquanto encarava o telefone, pensando se conseguiria ligar para a polícia rápido o suficiente.

— Você me leu, você me libertou. Veja! — O rapaz levantou o dedo e fez sinal para o livro na escrivaninha, que flutuou até ele, folheando as páginas sozinho, e parou na ilustração do príncipe. — Sou eu.

Anastásia ficou hipnotizada pelo que acabara de acontecer.

— Como fez isso? — perguntou, ainda sem acreditar no que via.

— Poderes de fantasma — o rapaz respondeu com um sorriso.

— Meu Deus... Você é o príncipe fantasma.

— Isso! — exclamou e deixou o livro cair no chão.

Ela não sabia o que fazer. Agir com naturalidade? Perder completamente o controle?

— Só eu consigo te ver?

— Só quem leu minha história consegue.

A jovem piscou algumas vezes antes de assimilar a ideia.

— Vamos para a faculdade, talvez o seu Álvaro consiga te ver também e aí podemos pensar juntos no que fazer, porque, no momento, não consigo me imaginar fazendo isso sozinha.

— Ele me leu?

— Ele ouviu. Li a história para ele, então é a mesma coisa.

— Que ótimo! Vai ser a primeira vez que receberei ajuda para conquistar minha amada.

Anastásia correu para o banheiro e se trocou rapidamente, ela tinha esperança de que, quando lavasse o rosto e escovasse os dentes, sairia daquele transe. É claro que só estava imaginando coisas. Mas, para sua decepção, o príncipe ainda estava a aguardando. Ela suspirou inconformada e aceitou a situação, decidiu seguir a primeira opção: agir com naturalidade. Libertar fantasmas e passear com eles pelo campus? *Supernormal.*

— Tudo bem, vamos.

A jovem se retirou do pequeno apartamento e percebeu que o fantasma não a acompanhou. Ela abriu a porta novamente e o viu a encarando, com o olhar perdido.

— Você não consegue passar pelas paredes? Isso não é coisa de fantasma?

— Precisa levar o livro com você. Como fantasma, eu fico preso no ambiente em que minha história está guardada.

— Certo, entendi.

Anastásia pegou o livro e guardou na bolsa. Agora, precisaria manter o livro sempre por perto. Ela colocou seu fone de ouvido e guiou o visitante.

— Vamos pegar dois ônibus, um que nos levará até o terminal e depois pegamos o ligeirão que vai até o centro, de lá vamos a pé.

O fantasma concordou, não fazendo ideia do que "pegar um ônibus" significava. Eles entraram na estação-tubo e Anastásia não conseguiu deixar de notar o olhar encantado do príncipe ao admirar o local.

— Então você ficou preso naquela biblioteca todos esses anos? — ela perguntou, tentando conhecê-lo melhor.

— Sou fantasma há tanto tempo que já perdi as contas, eu só lembro que antes estava preso em uma biblioteca na Coreia. Um ano, eu saí do meu livro e estava na biblioteca da sua faculdade, demorei para entender onde eu estava. O livro se adapta à localização em que se encontra, tive dificuldade em aprender o idioma sem a ajuda de alguém. Teve um momento que percebi que todo ano a biblioteca ficava mais abandonada; no primeiro dia do verão de cada ano, eu me encontrava sozinho e preso na biblioteca, impossibilitado de procurar a minha amada.

— É... em dezembro as aulas já acabaram e ninguém mais vai lá.

— Eu já tinha me acostumado com a solidão, mas quando percebi que alguém estava me lendo, tive esperança novamente. Você me libertou para me ajudar!

Anastásia deixou escapar uma risada abafada.

— Príncipe, não sei se poderei, tenho outra missão para cumprir no momento.

— Mas você tem que me ajudar. Foi o destino!

— Isso não existe.

— Existe sim! Preciso resolver o meu problema!

— Eu tenho meus próprios problemas também! — exclamou um pouco alto demais, fazendo com que as pessoas atrás dela na fila a encarassem; e então lembrou que somente ela via o príncipe, a visão que os outros tinham era de alguém falando sozinha. Imediatamente ela pegou o fone de ouvido e puxou o fio do microfone para mais perto. — Estou conversando com uma amiga por telefone. — Tentou se justificar com um sorriso sem graça.

O ônibus chegou na estação-tubo e os dois entraram. Ninguém quis sentar-se perto de Anastásia, então o príncipe aproveitou para se sentar ao seu lado.

— Você não deveria passar pela cadeira? Achei que não conseguisse tocar nas coisas.

— Questionei essa habilidade por muito tempo e acredito que tenha a ver com a intenção.

— Intenção?

— Sentar, andar, deitar são movimentos mecânicos. Se eu quiser tocar algo, não consigo... É como se tudo que eu mais desejasse, escapasse. Posso estar perto, mas não está verdadeiramente ao meu alcance.

Anastásia o observava com atenção: era possível ver a solidão em seus olhos. No fundo, ela queria ajudá-lo, mas não podia se distrair quando precisava salvar a biblioteca.
— Tem um nome? — perguntou sem pensar.
— O quê?
— Você tem um nome ou devo te chamar de Vossa Alteza?
O príncipe sorriu antes de responder:
— Boo Ha-joon.
— Boo Ha-joon... — Anastásia repetiu, sussurrando.
— Falando nisso, você é daqui mesmo?
— Sou brasileira, meus avós vieram da Coreia muito jovens e minha mãe nasceu aqui, conheceu meu pai nesta cidade e aqui estou eu.
— E seus pais não quiseram te dar um nome coreano?
— Anastásia é o nome da princesa favorita da minha mãe, a história se passa no Natal, e como eu nasci em dezembro, ela disse que foi...
— Foi o destino.
Anastásia suspirou antes de concordar.
— Ela cantava a música do filme para mim quase todos as noites, antes de dormir. A história perdeu o brilho depois que ela partiu.
— Sinto muito.
— Tudo bem, faz um tempo. Vamos descer, já chegamos no terminal.

***

Os dois não conversaram muito no trajeto até a faculdade, já que o ônibus ligeirão estava lotado. Ha-joon não deixava de mostrar fascínio com tudo que via. Ficara tanto tempo preso que aquela pequena amostra de liberdade o deixava tão feliz quanto desesperado. Ele precisava encontrar a mulher com a beleza do verão e virar humano novamente. Mas como encontraria alguém com essas características? O que seria a beleza do verão? Ele estava tão distraído que não percebeu que já estavam na faculdade e Anastásia tinha parado para conversar com uma amiga. Ao levantar o olhar, o príncipe teve a certeza de que encontrara a própria personificação do verão: uma garota alta, bronzeada e com o cabelo loiro até a cintura, seus olhos eram azuis como um dia ensolarado e seu sorriso era um refresco para o calor. Era ela, a princesa do verão.

Assim que a garota se retirou, Ha-joon correu até Anastásia.

— Quem era aquela?
— Quem? A menina? É a Sofia, ela é da minha sala, estava tirando uma dúvida sobre o trabalho que estamos fazendo juntas.
— Então vocês são amigas?
— Basicamente. — Ela deu de ombros.
— É o destino!
— O quê?
— A Sofia é meu verão!
— Sério? Tem certeza assim, só de olhar pra ela?
— Quando é verdadeiro, a gente sabe!
— Igual quando você se declarou para o Sol, a Nuvem, o Vento e o Castelo? — ela perguntou, arqueando a sobrancelha.
— Essa é diferente! — falou, entusiasmado.

— Tá bom, Romeu, se encontrou sua Julieta agora é só ir atrás.

— Não consigo. Sou um fantasma, ela não me vê, mas vê você! Preciso que me ajude, precisa me ajudar a ficar com ela!

Anastásia suspirou incomodada.

— Vamos falar com o seu Álvaro primeiro.

* * *

O senhor livreiro encarava os dois, ainda pensando em tudo que acabara de ver e ouvir.

— Acho que entendi... Você deu sorte, jovem fantasma, foi libertado com antecedência — o livreiro comentou, otimista.

— Se eu conquistar o amor de Sofia e conseguir aquele beijo, serei humano novamente!

— Se é um beijo que você quer, é só ir numa festa da atlética. Consegue isso rapidinho — Anastásia sugeriu.

— Não sei o que é isso, mas o beijo precisa ser de amor verdadeiro! Nunca leu contos de fadas?

Anastásia não respondeu. No fundo, acreditava de todo o coração em amor verdadeiro, só não tinha muito tempo para isso.

— Olha, Ha-joon, eu entendo seu desespero — Anastásia tentou argumentar —, mas vamos estar muito ocupados com o baile pra salvar a biblioteca.

— Mas você fez esse baile para mim!

— Como?

— Eu ouvi a conversa de vocês, o baile do verão é sobre o baile que eu perdi. E se a Sofia comparecer ao baile? Será minha chance! No final, a missão sempre fui eu.

A jovem coçou os olhos, pensando nos argumentos do rapaz; ela detestava admitir, mas realmente parecia o destino.

— E se fizermos um admirador secreto pra Sofia? — Seu Álvaro lançou a ideia.

— Como assim? — o príncipe perguntou.

— Enquanto trabalhamos no baile, vamos enviando presentes à sua amada, pra ela já saber que alguém está interessado nela, e vamos manter o suspense até o dia do baile, assim você vai alimentando esse amor e, quando chegar o grande dia, ela estará pronta para o beijo.

O príncipe levantou com um sorriso de orelha a orelha.

— É isso! É perfeito! — Ele se voltou para Anastásia, que ainda mantinha o olhar preocupado. — Querida Anastásia, assim como vocês me ajudarão, eu prometo ajudá-los com a biblioteca. Tenho meus poderes, com certeza conseguirão montar a decoração mais rápido comigo. Você foi o meu destino, e eu serei o seu.

Anastásia sentiu seu coração saltar com a proximidade do rosto do príncipe, ela corou sem perceber e colocou uma mecha de seu cabelo curto atrás da orelha.

— Está bem, eu te ajudo a ficar com ela.

***

Anastásia não parava de estalar os dedos, ela olhava inquieta da porta para seu relógio de pulso. Ha-joon perambulava pela sala de aula, ele queria ver a reação de Sofia, que estava ao lado de Anastásia, incomodada com a inquietação da amiga.

— O professor está demorando, não acha? — Sofia perguntou tentando puxar um assunto e deixar a amiga mais tranquila.

— Ah, sim, está mesmo — respondeu conferindo o relógio mais uma vez, tentando ignorar o olhar preocupado do príncipe.

Um pouco impaciente, ele já havia sentado no lugar do professor, o que, sem querer, acabou mexendo a cadeira, fazendo a sala inteira rir da situação e criar teorias sobre o que movera o objeto. Anastásia tentou chamar a atenção dele, mas o príncipe a ignorou para não ter que ouvir sermão. Alguns minutos depois, um homem bateu na porta segurando um buquê de flores e uma caixa de bombom. O príncipe e Anastásia ficaram atentos.

— Sofia Almeida. — O homem leu no cartão.

A garota de fios dourados arregalou os olhos de surpresa, levantou-se sem conseguir conter o sorriso e correu para sua amiga. Os alunos ficaram agitados, emitindo assobios e fazendo piadas.

— Eu tenho um admirador secreto! — contou animada.

— Que incrível, amiga! — Anastásia tentou acompanhar. — Ele deve gostar muito de você.

— Deve ser tímido. Ele disse que gostaria de se apresentar pessoalmente no baile do verão. — Ela resumiu o conteúdo da carta enquanto segurava os presentes. — Você sabe que baile é esse?

— Ah, é aquele baile que eu estou organizando para salvar a biblioteca, que te falei.

— Bom, deixe tudo bem lindo pra eu conhecer meu admirador, espero que ele seja bonito.

Anastásia olhou para o príncipe. Apesar de ninguém poder vê-lo, ele apenas observava de longe, sabia que não era educado invadir a privacidade das damas.

— Tenho certeza de que ele é lindo — Anastásia murmurou.

— Acho que o professor não vem mesmo, então vou pra casa. Boa sorte na divulgação do baile. Vai ser um sucesso!

— Então você vai, né?

— Depois disso, com certeza. Mesmo que seja um desastre, vai ser uma história engraçada pra contar.

A garota se retirou e Anastásia fez sinal para o príncipe, agora era a vez dele de ajudá-la.

***

— Minha princesa parecia tão contente! — Ha-joon comentou animado. — Então ela confirmou que vai ao baile, certo?

— Sim, Ha-joon, já respondi isso um milhão de vezes — Anastásia reforçou enquanto colava um cartaz na parede.

— Desculpa, estou muito ansioso, parece que finalmente esse será o ano da minha libertação.

Anastásia lhe lançou um sorriso meigo.

— Vai dar tudo certo.

O príncipe piscou algumas vezes enquanto a observava trabalhar.

— Você é muito bonita, Anastásia.

O comentário pegou a garota tão de surpresa que ela deixou cair alguns papéis. Com seus poderes de fantasma, o príncipe levantou todos os folhetos até o colo de Anastásia novamente.

— Obri... — ela tossiu rapidamente — ... obrigada, foi muito gentil de sua parte.

— Então, como posso te ajudar? — perguntou, um pouco tímido.

— Consegue espalhar esses cartazes nas paredes? Pra ficar bem visível?

— Claro, e só isso vai bastar?

— Já acertei com o marketing da faculdade, eles vão fazer um post e *reels* de divulgação, tenho um amigo que trabalha lá e ele me ajudou com isso.

— Nossa, que prestativo! Talvez ele seja seu verdadeiro amor.

Anastásia riu.

— Eu não sou o tipo dele.

— Impossível, você é encantadora.

— Então eu sou seu tipo também?

O fantasma foi pego de surpresa com a pergunta.

— Viu? Não é assim que o amor funciona. A gente não sai se declarando pra quem acabou de conhecer.

— Anastásia se arrependeu assim que falou. Vendo o semblante envergonhado do príncipe, ela tentou se corrigir. — Mas você faz o tipo dele. — Finalizou com uma risadinha.

Ha-joon voltou a sorrir e fez um sinal com as mãos.

— Está certo, vamos espalhar isso.

Com um movimento delicado, ele ergueu a ponta de seus dedos. Os cartazes voaram das mãos de Anastásia e se espalharam pelas paredes, a garota observava com fascínio os papéis dançarem pelos corredores. Ela não parava de sorrir, admirando a cena, até que sem querer um dos papéis foi parar bem no rosto de um rapaz que entrou no local. Anastásia soltou um gritinho preocupada e foi até ele, Ha-joon a seguiu, curioso.

— Me desculpe, você está bem? — Anastásia perguntou sem graça.

O rapaz era alto, com o cabelo preto e olhos verdes, Ha-joon conseguiu ver o brilho no olhar de Anastásia e por alguma razão, se sentiu incomodado. O jovem olhou o papel por um tempo e sorriu para ela.

— Que legal, podemos levar parentes e amigos, ou é só pra faculdade?

— Pode chamar quem você quiser, é uma ação para conseguirmos manter a biblioteca.

— Então tá combinado, a gente se vê lá. — Finalizou com uma piscada pra Anastásia e foi embora segurando o panfleto.

Anastásia ficou suspirando encantada enquanto o rapaz partia.

— Vamos, temos os outros blocos da faculdade pra colar isso tudo.

O príncipe revirou os olhos e apenas seguiu sua libertadora. O plano continuava igual, mas os sentimentos não pareciam mais os mesmos.

***

Os dias que se seguiram foram agitados, Anastásia tinha um fantasma em sua cola durante o tempo todo: quando acordava, ele estava lá; quando almoçava, ele estava lá; quando estudava, também estava lá. Nunca tinha passado tanto tempo com alguém. Apesar de às vezes ser sufocante, ela não conseguia reclamar. Era a primeira vez em muito tempo que tinha outras preocupações além da biblioteca. Em alguns dias, os dois criavam eventos românticos para Sofia. Outras vezes, era na biblioteca que colocavam os seus esforços. O tempo juntos virou rotina, um conforto difícil de desapegar.

Os dois, mais uma vez, andavam juntos no shopping. Anastásia segurava várias sacolas coloridas, ao mesmo tempo em que resolvia as últimas demandas do baile. Ela não saía do celular.

— Sim, Mateus, pode tocar essa música também. — Ela ajeitava o celular no ombro, tinha esquecido o fone em casa. — Pode tocar as modernas, mas dê um ar clássico nelas, igual àquela série lá. Isso... pode ser... confirmado. Te espero lá, beijinhos!

Meio desengonçada, Anastásia conseguiu guardar o celular no bolso.

— Acho que compramos tudo, Ha-joon, vamos terminar a decoração na biblioteca.

— Mas e você?

— O que tem eu?

— E o seu vestido? Olhei seu guarda-roupa e você não tem nada para vestir.

— Estava espionando minhas coisas?

— Anastásia, eu não tenho mais nada para fazer, fantasmas não dormem. Vamos comprar algo para você, por favor, vai ser no seu aniversário.

A garota parou de andar imediatamente.

— Como você sabe?

— Olhei seus documentos também.

— Intrometido.

— Na Coreia, o verão é em junho, nasci no primeiro dia do verão lá, e você nasceu no primeiro dia do verão aqui. Terei apenas um dia como humano, e, sim, vou dançar com a Sofia para conseguir aquele beijo, mas gostaria de dançar com você também.

Anastásia não conseguiu responder.

— Tudo bem, eu compro o vestido, é que ainda tem tanto para resolver. A venda dos ingressos abriu ontem e não sei se vamos conseguir o suficiente pra manter o lugar, e também...

— Você se preocupa demais, vai dar certo.

O celular de Anastásia tocou novamente, e quem falava era seu amigo do marketing.

— Oi, César. Aham... — Anastásia arregalou os olhos. — O quê? Esgotou?! — exclamou, sem acreditar. — Meu Deus! Muito obrigada, César! Nos vemos no baile!

Ela desligou o telefone e o príncipe a olhava emocionado. Eles conseguiram. Correram para se abraçar, mas o fantasma passou direto pelo corpo de Anastásia. Eles se ajeitaram, envergonhados, e continuaram andando para ignorar o constrangimento.

— Consegui minha biblioteca, Ha-joon. Só falta você conseguir sua garota.

— Claro... — o príncipe murmurou, sem tirar os olhos de Anastásia — ... minha garota.

— Vou comprar o vestido depois, prefiro até ir sem você para ser uma surpresa.

— Aguardarei ansioso.

***

Sem perceber, vários cursos se envolveram na organização do evento para ganhar horas complementares. Seria o dia de glamour que muitos aguardavam ansiosamente.

Álvaro olhava os desenhos dos arquitetos com admiração: ao comparar com o ambiente, via que estava cada vez mais perto de realizar aquele sonho. Após aprovar o projeto, ficaram somente dois humanos e um fantasma sozinhos no local. No dia seguinte já era verão. Anastásia apertava as unhas, nervosa, até que o senhor Álvaro segurou suas mãos.

— Já deu certo, minha querida. Você se esforçou muito. Amanhã veremos o resultado.

Anastásia sorriu e se acalmou mais ao sentir a ternura daquelas mãos maduras.

— Vou tentar conter minha ansiedade.

— Eu preciso ir. Pode fechar a biblioteca para mim, por favor?

— Claro, senhor!

O livreiro se retirou, deixando Ha-joon e Anastásia completamente sozinhos. Apesar de acostumados com a situação, dessa vez era um pouco diferente. Eles pararam na entrada da biblioteca e admiraram o local que já estava praticamente pronto.

— O tangará... — Anastásia murmurou. — Ha-joon, o que pretende fazer quando virar humano novamente?

— Como assim?

— Como vai viver, trabalhar? Será que é mesmo tão ruim ser fantasma?

— Está tentando me convencer a ser fantasma pra sempre? — perguntou, com um sorriso.

— Me preocupo com você, sabe?

O rapaz suspirou.

— Quando virei fantasma, eu carregava um saco de ouro, e tudo que estava comigo virou fantasma também.

Todos os anos, quando eu virava humano, o ouro se tornava real.
— Uau! Então você tem dinheiro.
— Não o bastante, mas vou conseguir me manter por um tempo. O bom de ter ficado preso nessa biblioteca por tantos anos é que li muito. Acho que tem profissões que eu adoraria explorar... Tenho a alma jovem, mas ainda tenho costumes antigos, eu gostaria de me aventurar em ocupações mais manuais, talvez o artesanato.
— Tenho certeza de que a Sofia vai te apoiar.
— E você?
— O quê? — Anastásia sentiu um leve embrulho no estômago.
— Também vai me apoiar?
— Claro, Ha-joon, mas sua vida não estará mais ligada a mim depois de amanhã. Estará livre de mim, finalmente.
— Estar com você não era uma prisão.
Anastásia bufou, incomodada consigo mesma.
— Acho que no fundo sou egoísta — sussurrou.
— Do que está falando?
— Se você continuasse fantasma, continuaria comigo. O meu príncipe, que mais ninguém vê, somente meu. Amanhã tudo vai mudar. Me desculpe, acabei me apegando a você, vai ser difícil me acostumar com sua ausência. Não queria ter que perder outra coisa preciosa da minha vida. Você trouxe magia pra minha rotina, algo que eu não sentia há muito tempo.

Seu coração fantasma saltou mais rápido após aquelas palavras, e o jovem príncipe ficou encarando Anastásia por um tempo. Ele queria poder tocá-la,

como queria... De repente Sofia não fazia mais tanto sentido. O que a beleza do verão de fato significava?
— Eu...
— Vamos? — Anastásia falou rápido, com a intenção de interrompê-lo.
O príncipe pensou um pouco, olhou a biblioteca e se voltou para a garota.
— Me deixe aqui hoje.
— Sério?
— Sim, deixe o livro aqui, tenho coisas a fazer.

***

O livreiro abriu a porta da biblioteca às cinco horas da manhã. Ao se virar para o centro do salão abriu a boca, admirado; velas flutuavam, dançando no ar, os desenhos dos vitrais se mexiam, interagindo entre si, pó de fadas e estrelas cintilavam por todo o espaço. O toque de fantasia que faltava estava ali. Ao avistar o livreiro, Ha-joon correu até ele com animação.
— O que achou? — perguntou receoso.
— Está perfeito, jovem. Sofia vai amar.
— Mas e a Anastásia? Acha que ela vai gostar?
Álvaro arqueou a sobrancelha e abriu um sorriso de canto.
— Vai ser o melhor aniversário da vida dela.
O fantasma sorriu orgulhoso.
— Veja, está humano agora. — O livreiro pontuou.
Ha-joon concordou, dando uma volta para mostrar todo o seu *look* humanoide. Álvaro riu e, então, entregou o que carregava consigo.

— Gosto muito de suas roupas reais, Vossa Alteza, mas acredito que esteja cansado do mesmo uniforme após tantos anos, que tal tentar algo novo hoje?

O príncipe pegou as vestes animado. Mesmo sendo um visual mais moderno, a vestimenta ainda mantinha o ar de realeza que o evento pedia.

— Obrigado, senhor... — Ele começou a encarar o homem com mais atenção — ... já nos vimos antes?

— Quem sabe? Está cedo, mas logo os estudantes de gastronomia chegam para preparar o buffet e a banda vai ensaiar o dia todo aqui. Anastásia chegará apenas para o baile, ela vai passar o dia com o pessoal da comunicação, dando entrevistas.

— Sim, imaginei que ela estaria ocupada. Pode me fazer um favor, senhor Álvaro? Pode convencer a banda a tocar uma música quando eu dançar com Anastásia?

— Assim, em cima da hora?

— Eles são talentosos.

— Bom, tenho certeza de que você tem seus motivos. Qual música que é?

O jovem sorriu, animado, seria a noite perfeita.

***

Assim que o sol se pôs, a biblioteca ficou cheia de pessoas com os mais diferentes figurinos, todos encantados com os efeitos do ambiente. Havia garotas animadas tirando fotos no tapete vermelho, e até um jornal local fazia uma reportagem sobre o evento. Nunca a faculdade tinha ganhado tanta notoriedade. Ha-joon e o livreiro observavam as pessoas chegando do topo das escadas, empolgados com a repercussão que tudo aquilo causara.

— Acho que sua garota chegou. — Álvaro apontou.

— Anastásia está aqui? — o príncipe perguntou, ansioso.

— Estou falando de Sofia. Veja.

O fantasma viu Sofia entrar no salão com um vestido amarelo comprido, combinava com ela. Mas o coração do príncipe não era mais o mesmo. Ele suspirou fundo e desceu as escadas em direção à garota. Aproximou-se timidamente e cutucou o ombro de Sofia. Era estranho conseguir tocar em coisas e pessoas agora.

— Senhorita Sofia... — ele a chamou.

— Oi — falou animada —, como sabe meu nome? Está trabalhando aqui?

— É, eu ajudei na decoração. Então, Sofia, estou aqui porque acredito que eu seja...

A garota soltou um espasmo de alegria.

— Você é o meu admirador!

— Creio que sim — concordou, com um sorriso torto.

— Que fofo, você é lindo — ela disse, com um sorriso tímido.

— Eu agradeço a gentileza.

— O beijo é tão bom quanto sua aparência?

— O quê?

— O príncipe não esperava conseguir o beijo tão rápido, de repente ele sentiu o peso de sua verdadeira idade. Ele era, de fato, um homem de outra era.

Antes que pudesse falar mais, a garota ficou na ponta dos pés e lhe deu um beijo. O príncipe ficou imóvel, deixando a situação constrangedora entre os dois. Sofia se afastou incomodada ao notar a falta de movimentos de seu admirador.

— O que foi? Pelas cartas você parecia louco por isso. Você é do tipo que fala e não faz?

Algo estava errado. Depois do beijo, Ha-joon deveria ter virado humano definitivamente, mas ele ainda sentia a aura fantasmagórica rondando sua alma.

— Não funcionou — murmurou.

— É, com certeza o beijo não encaixou.

Ele levantou o rosto, desordenado.

— Você não é meu verdadeiro amor, Sofia.

— Calma aí, rapaz! — Ela deu uma risada esquisita. — Ninguém está falando de "felizes para sempre", acabamos de nos conhecer. Achei que hoje ia ser só um lance legal.

O príncipe tinha chegado a uma infeliz conclusão.

— Está certa, Sofia. Me desculpe por ter feito você perder o seu tempo.

A garota suspirou, com um sorriso debochado.

— Pelo visto, virou só uma história engraçada para contar — ela murmurou.

Incrédula, Sofia se retirou, deixando o príncipe com seus pensamentos confusos. Ele subiu as escadas e voltou para o lado do senhor Álvaro, que aguardava as notícias ansioso.

— E então? Conseguiu seu beijo?

— Consegui... — Ha-joon respondeu.

— Parabéns! É humano agora! — Ele levantou os braços para comemorar.

— Na verdade, não. Meu coração fantasma ainda está aqui. — Ele colocou a mão no peito. — Sofia não era o meu verão. Não era amor verdadeiro.

O senhor livreiro, então, abriu um sorriso largo e se encostou no corrimão.

— Você demorou para perceber, rapaz, continua tão tolo quanto da vez que pediu em casamento o Castelo de Pedras.

— Achei que dessa vez eu... — E então encarou o livreiro com mais atenção. — Espera... é você... você me transformou no fantasma... Você é De...

— Dei uma chance ao seu coração quebrado, ainda dá para recuperar o tempo perdido.

— Mas não encontrei o meu verão.

— Você é mais teimoso que uma toupeira, jovem príncipe. Acha mesmo que o verão é uma garota de fios dourados e olhos da cor do céu? Na verdade, pode até ser. Mas o verão é mais que isso. O verão é a chama que você sente quando se apaixona, é o calor de rir com quem ama, o verão é o aconchego de um abraço. A beleza do verão está no calor que outra pessoa te proporciona, tendo fios dourados ou não. Agora me diga, príncipe fantasma, quem é a garota que te enche desse calor que você tanto procura?

Aplausos tomaram o salão quando a organizadora do evento chegou ao local. Anastásia trajava um vestido modelo princesa completamente branco com mangas bufantes, usava o cabelo solto e mantinha um sorriso no rosto. Ela acenava para todos enquanto se curvava em agradecimento pelo apoio e sucesso do baile. Ha-joon sentiu seu coração fantasma se tornar um pouco mais humano naquele momento.

— Anastásia... Ela é o meu verão.

Quando olhou novamente para o senhor Álvaro, ele havia desaparecido. Apesar de confuso, ele voltou a atenção para Anastásia e percebeu que dois homens a chamaram em um canto, então decidiu ir até ela.

O diretor e vice não economizaram elogios para falar do baile. Anastásia ouvia tudo de nariz empinado e cheia de orgulho.

— Fico muito feliz que tenham gostado! Amanhã mesmo farei a transferência do dinheiro para vocês.

Os dois se olharam, incomodados.

— Então, querida, seu evento foi tão fenomenal que conseguimos muitas matrículas, inclusive para o EAD.

Anastásia não gostava do rumo que aquela conversa estava tomando.

— Iremos demolir a biblioteca de qualquer jeito, precisamos do espaço para as videoaulas.

— O quê? — perguntou, desesperada. — Mas vocês falaram que se tivéssemos o dinheiro...

— Nunca prometemos nada. Você fez tudo isso por conta própria, mas agradecemos o seu trabalho.

Ela estava prestes a começar a chorar, quando sentiu um calor humano em seu ombro.

— Me perdoem, senhores, não pude deixar de ouvir a conversa.

— Quem é você? — O diretor indagou intrigado.

— Apenas um estudante. Vocês falaram sobre demolir o local, mas temo que não será possível. A biblioteca foi tombada pela prefeitura, se tornou patrimônio público.

— Impossível! — o vice exclamou.

— Tenho aqui os documentos. — O príncipe pegou os papéis em seu bolso e entregou aos homens. — Temo que o EAD deverá ser em outro lugar, talvez no centro da diretoria.

Os homens se retiraram com pressa para conversar. Imediatamente Anastásia se virou para o príncipe.

— Como conseguiu? — ela perguntou, com os olhos lacrimejados.

— Truques de fantasma. Dei um jeito de apressar a papelada... — Ele pegou uma cópia do documento e entregou a Anastásia. — É o meu presente para você. Feliz aniversário.

Anastásia pulou nos braços do rapaz que imediatamente a agarrou com força contra seu corpo. Aquele abraço, aquele contato, finalmente o toque que tanto almejavam, tudo aquilo era melhor do que qualquer beijo de uma desconhecida. Uma música familiar começou a tocar, e Anastásia se afastou do príncipe à medida que reconhecia a melodia.

— Dança comigo? — Ha-joon perguntou sem tirar os olhos de seu verão.

A garota concordou, e juntos eles foram para o centro do salão, inaugurando a pista de dança, enquanto a banda tocava a música que a mãe de Anastásia sempre cantava para ela.

Ursos dançam no ar
Coisas de que me lembro
E a canção de alguém
Foi no mês de dezembro

Era a primeira vez que um sentia a pele do outro, um toque nas costas, as pontas do dedo no pulso, a cabeça encostada no peito, um corpo colado ao outro. Era acolhedor. Era quentinho. Então aquilo era o verão. O príncipe fantasma entendia agora.

— Você dança muito bem. — Anastásia não podia deixar de notar.

— Muitos anos de experiência.
— Às vezes esqueço que você tem centenas de anos. Acho que é porque parecemos ter o mesmo nível de maturidade.
— Posso ser um idoso, mas continuo com meus vinte e cinco anos. O que nos amadurece é a vida, as experiências boas e ruins. Fiquei preso todos esses anos, não vivi nem aprendi nada, foi como se nada tivesse mudado. O tempo congelou para mim. Mas nesse breve tempo com você, sinto que amadureci um pouco mais, obrigado.

O príncipe rodopiou Anastásia e ela voltou o olhar para ele.

— Sinto que alguma coisa em mim mudou também, Ha-joon.
— Amadurecemos juntos.
— Talvez eu goste dessa ideia de destino.
— É, eu também.

A música já tinha cessado, mas os dois permaneceram dançando, eles não queriam perder aquele toque. Nunca mais.

— Conseguiu o seu beijo? — Anastásia perguntou, envergonhada.
— Ainda não.
— Logo ela aparece.

O príncipe segurou Anastásia com ainda mais força em seus braços.

— Ela já está aqui.
— Ha-joon...
— Anastásia, você é o meu verão.

A garota sorriu, evidenciando ainda mais suas bochechas vermelhas.

— E você é o meu.
Eles aproximaram o rosto calmamente e, ao tocar os lábios, nada sentiram. A badalada do relógio chamara a atenção de todos. Era meia-noite.
— Não! — Anastásia gritou ao ver a imagem do príncipe sumir diante de seus olhos.
Ao constatar o que acontecia, o jovem fantasma olhou para seu verão com um sorriso triste. Ele tinha se atrasado. De novo. Uma lágrima desceu em seu rosto, e então ele sumiu, deixando Anastásia sozinha, aos prantos na biblioteca que ela tanto amava.

***

O livro tinha desaparecido junto com o senhor Álvaro. Anastásia acabou assumindo a função de bibliotecária; depois do que fez, todos concordaram que ela merecia estar no comando do lugar. Diariamente ela recebia visitantes, a biblioteca ficou famosa e se tornou praticamente um ponto turístico da cidade.

Naquele ano, o primeiro dia do verão caíra um dia antes do aniversário de Anastásia. Ela mais uma vez organizava os livros. Alguns dias antes, o local foi cenário das fotos de sua formatura, agora lhe restava colocar tudo no lugar. Ainda estava bem cedo. Um toque na porta chamou-lhe a atenção.

— Olá! — exclamou, caminhando até a entrada. — Desculpe, estamos fechados para visitação.

A porta abriu vagarosamente, revelando uma silhueta familiar. A garota paralisou. Não podia ser, tinha perdido completamente as esperanças sem o livro, o príncipe havia se tornado apenas uma memória gentil, não esperava encontrá-lo de novo sem as páginas que contavam sua história. Mas lá estava ele.

— Anastásia! — Ele gritou, ofegante. — Eu vim conseguir o meu beijo.

A garota sorriu com o olhar brilhante e correu em sua direção, ela pulou em seus braços com tanta força que os dois caíram para trás, jogados na grama em frente à biblioteca. O beijo encaixara perfeitamente. Não tinha como ser diferente. Nunca o calor de um toque fora tão desejado.

E foi assim que, em frente ao símbolo do pássaro coroado, o príncipe fantasma se tornou humano. O beijo do amor verdadeiro era real. E é claro que eles viveram felizes para sempre, mas, certamente, sempre mais felizes no primeiro dia do verão.

UM VERÃO EM MONTE AZUL

G. B. Baldassari

ILUSTRAÇÃO:
Amanda Santos

@ehmandinha

Me sinto enjoada. Não consegui comer quase nada antes de deixar o apartamento que foi o meu lar pelos últimos — e primeiros — dezesseis anos da minha vida. Na moral, algumas pessoas simplesmente não deveriam ter filhos. Meus pais, com certeza, não deviam. Pelo menos, não um com o outro.

Não vou me alongar porque, como dizia Holden Caulfield, isso aqui não é *David Copperfield*, então basta dizer que a minha família se parecia com muitas outras: meu pai tinha outra mulher, minha mãe não se importava de fingir que não sabia, e eu fingia que não sabia que ela fingia. Assim, mantínhamos o equilíbrio perfeito desse estado permanente de fingimento.

Tudo ia na boa. Até uma mulher bater na nossa porta ostentando uma barriga do tamanho de uma melancia e reclamando direitos para o filho que, segundo ela, meu pai se recusava a reconhecer.

Então aqui estamos nós, minha mãe e eu, em um carro abarrotado com as nossas malas e humilhações.

Já é fim de tarde quando nos aproximamos do nosso destino, a cidade natal da minha mãe é o fim de mundo mais fim de mundo onde eu já tive o desprazer de estar: Monte Azul.

Avançamos em direção ao "centro" da cidade, que é basicamente uma praça, uma igreja, um banco, a prefeitura e... só!

Que Deus me ajude nesse buraco.

Ela faz um desvio e pega uma rua paralela para me mostrar a escola em que estudou e onde devo terminar o segundo grau agora. Isso *se* eu sobreviver até o fim das férias.

Finalmente chegamos à casa dos meus avós. Graças a Deus não vamos ficar aqui, eu não ia aguentar minha mãe e minha avó brigando dia e noite. Mas paramos para pegar a chave da nossa casa nova.

A gente não é, tipo, muito próximas dos meus avós e nem me lembro da última vez que vim pra cá, mas eu devia ter só uns sete anos. O motivo é que eles nunca gostaram muito do meu pai.

Não queria dizer nada, mas agora acho que eles meio que tinham razão.

Vovó já está na varanda, vindo ao nosso encontro, e meu avô está parado na porta, sem saber o que fazer, mas logo abre um sorriso quando nossos olhos se encontram. Ele sempre gostou de mim.

— Você cresceu, Malu — diz ele enquanto me abraça.

— O senhor também — respondo, dando dois tapinhas na barrigona, que parece mesmo maior.

Enquanto comemos, converso com meu avô ao passo que minha avó fala com a minha mãe sobre a casa que alugamos. Para minha surpresa, eles não tocam no assunto do divórcio; na certa, acham que estamos muito cansadas da viagem. E estamos mesmo, então minha mãe logo trata de se despedir.

Ainda bem.

Assim que desço as escadas da casa, meus olhos cruzam com o de uma garota mais ou menos da minha idade. Ela está chegando de bicicleta na casa da frente e me olha o trajeto todo, sem esconder a curiosidade.

Nem posso culpá-la, porque faço o mesmo.

***

Já se passaram três dias desde que chegamos: visitamos todos os parentes, fomos ao mercado, à cafeteria, à sorveteria e até fizemos a minha matrícula no próximo ano letivo.

Já li e reli umas duzentas vezes o panfleto escrito "Colégio Santo Antônio, 1997" que me deram na hora da matrícula, mas não importa quantas vezes eu o leia, o fato de que eu vou estudar lá sempre parece a coisa mais absurda do mundo.

Nesta tarde, minha mãe decide repintar um cômodo e, por absoluta falta do que fazer, me ofereço para ajudar.

— Só tem esse — diz, me mostrando o pincel —, mas talvez seu avô tenha algum para emprestar.

— Tá bom, eu vou até lá dar uma olhada — respondo.

Estava mesmo ansiosa para dar uma volta na bicicleta antiga que a gente encontrou na garagem da casa. É uma *bike* verde-água com sineta e franjinhas que saem do guidão.

Desço a rua da minha nova casa ziguezagueando, sentindo o vento nos meus cabelos e o alívio de não ter esquecido como se anda de bicicleta. Pelo jeito é verdade o que dizem sobre "é igual andar de bicicleta", porque devia fazer uns cinco anos que eu não subia em uma.

Meu avô fica feliz com a visita, imediatamente me leva para a oficina improvisada que ele tem na garagem e arruma um kit completo de pintura. Minha avó não me deixa sair sem tomar café e separa uns bolinhos para que eu leve para minha mãe.

Saio de lá com uma sacola em cada mão e, enquanto tento equilibrar tudo no guidão da bicicleta, escuto uma voz atrás de mim.

— *Bike* maneira.

Diz uma voz macia e grave, ao mesmo tempo. Se eu tivesse apostado, teria acertado a quem ela pertence.

— Obrigada — respondo, me virando para a mesma menina loira que vi no dia que chegamos. — Quer dizer, nem é minha. Nós achamos na garagem, eu e minha mãe.

— Ah, sua mãe é a mulher que estava com você no outro dia?

Agora que ela está na minha frente, consigo prestar atenção nos detalhes que só vi de relance no primeiro dia. A pele bronzeada, o cabelo loiro-escuro preso numa trança frouxa, as sobrancelhas bem desenhadas e os olhos cor de mel.

— Aham. Essa é a casa dos meus avós — digo, indicando com os olhos a residência atrás de mim, já que minhas mãos estão ocupadas.

Ela está vestida como no primeiro dia em que nos vimos, de um jeito meio moleque: bermuda jeans rasgada, camiseta larga, meias até metade da canela e um All Star detonado. Parece não saber o que fazer com as mãos e, por fim, as coloca no bolso da bermuda.

— Vocês vieram pra ficar? — pergunta depois do que pareceu, sei lá, umas duas horas, mas deve ter sido apenas alguns segundos. — Você disse que encontrou a *bike* na garagem.

— É — respondo meio animada demais por ter algo para falar. — Viemos morar aqui. Chegamos naquele dia que você nos viu.

— Legal. Aparece aqui amanhã pra gente fazer alguma coisa, sei lá.

E com isso ela seguiu seu caminho, me deixando sozinha com aquele monte de sacolas e a bicicleta.

***

Passo o dia seguinte só esperando dar o mesmo horário em que nos encontramos. Como ela não marcou uma hora, presumo que seja a mesma.

— Quer ir até o lago? — ela pergunta antes mesmo de me cumprimentar.

Apenas faço que sim com a cabeça e ela começa a pedalar na frente, me mostrando o caminho.

Ela é meio esquisita. Tipo, parece que a gente se conhece há mais tempo, sabe? Porque ela não fica agindo como se fôssemos duas estranhas. Mas eu gosto disso.

— Você ainda não me disse o seu nome — falo, quando a alcanço.

— Você também não me disse o seu.

— Maria Luísa, mas pode me chamar de Malu.

— Maya, mas pode me chamar de Maya mesmo.

— Quantos anos você tem?

— Dezesseis, mas faço dezessete mês que vem — diz enquanto pedala sem nem olhar para onde está indo.
— Eu também!
— Faz aniversário mês que vem?
— Não. Tenho dezesseis. Mas faço dezessete em abril.
— Você vai fazer o último ano no Santo Antônio? — Maya pergunta.
— Não é o único colégio da cidade?
Ela solta uma risadinha antes de concordar.
— É por aqui — Maya diz ao mesmo tempo em que vira o guidão para entrar numa estradinha de terra.
Pedalamos por uma paisagem que é, tipo, meio floresta meio pasto, até chegarmos a uma porteira. Maya a abre sem nem precisar descer da bicicleta.
Fico parada olhando a placa, que diz "Propriedade particular. Não ultrapasse", e para ela, que está segurando o portão, esperando que eu, você sabe, *ultrapasse*.
Talvez seja meio tarde para questionar, já que eu nem sei como voltar para a minha casa, mas espero que ela não me meta em nenhuma roubada.
— Tá com medo? — Maya pergunta, erguendo uma das sobrancelhas.
— Deveria?
— Não, tá tudo certo.
Como nem tenho escolha mesmo, atravesso a porteira. Se o dono não quisesse ninguém invadindo, ele que tivesse colocado um cadeado, sei lá.
Depois de cinco minutos, em uma estradinha que não é mais do que uma trilha, chegamos à margem de um enorme lago de água escura.

Tenho que admitir que a vista é muito maneira, com árvores e algumas montanhas no horizonte.

Maya larga a *bike* no chão, me indicando a fazer o mesmo, e caminha até uma cabaninha à margem do lago. Ela abre a porta — também sem cadeado! Qual é o problema do povo daqui? Eles nunca ouviram falar de assalto?

— Isso não é invasão de propriedade?

Assim, tudo bem andar pelo terreno alheio, mas invadir casas vai meio além do que estou disposta a fazer como contraventora.

— Não se a propriedade for da sua família.

— Aaaah!

Maya solta uma risada ao ver a minha cara de alívio. Finalmente, entro na cabana.

— É só uma garagem náutica, mas eu gosto de vir aqui no verão.

A cabana é mesmo minúscula e está ocupada pelo barco a motor estacionado em cima de um suporte com rodas. Apesar do tamanho, o pé-direito é bem alto e, ao lado da embarcação, existe uma escada que dá acesso a um tipo de mezanino pequeninho.

As paredes embaixo estão forradas com acessórios de pesca, mas dá para ver que o mezanino é coisa da Maya, porque é cheio de almofadas e mantas.

— Então, vamos nadar? — ela pergunta assim que encontra o que veio pegar dentro da cabana: uma boia enorme em forma de rosquinha.

— Eu não trouxe biquíni — falo.

— E daí?

— Como *e daí*?

— Só tem nós duas aqui, Malu — Maya fala como se me conhecesse há anos e não há, tipo, um dia. — Pula de calcinha e sutiã mesmo.

Tento me lembrar que calcinha vesti hoje e torço para que não tenha sido aquela com um ursinho na bunda. Confiro discretamente. Toda preta. Ufa!

— Tá bem — concordo meio a contragosto.

Fico um pouco sem graça enquanto a gente tira a roupa. Eu já falei que sou muito tímida? Pois é, não gosto desse tipo de exposição.

— Curti o píer — falo por mera necessidade de preencher o silêncio.

— Demais, né? Minha mãe já quis que o meu pai destruísse várias vezes porque tá meio podre, mas a gente sempre convence ela.

Não sei se é imaginação, mas o píer balança enquanto caminhamos sobre ele. Não tenho muito tempo para pensar em um possível desastre porque Maya sai correndo e pula de cabeça na água.

Diferente dela, pulo de pé.

Uns dois verões atrás, o meu tio Cláudio morreu saltando de cabeça em um lago em Santa Catarina. É verdade que tinham várias placas avisando que era proibido saltar lá, mas você entende o meu receio, né?

Quando recupero o foco, dou de cara com um sorriso e involuntariamente sorrio também.

Estar aqui é... diferente. Este lago e Maya são o oposto do que eu tinha em Belo Horizonte, principalmente nos últimos meses, com o divórcio.

— Nada mal! — ela diz. — Até agora você passou em todos os testes.

— Nem sabia que tava sendo testada.
— A gente faz o que pode para se entreter por aqui. — Ela ergue os ombros de maneira meio teatral. — Tô zoando. Mas, se fosse um teste, você teria gabaritado: saiu com uma estranha, se jogou no lago de calcinha e sutiã, invadiu uma propriedade...
— Você disse que a propriedade era da sua família — falo com desconfiança.
— Mas você não sabia disso.
— Bom... é verdade — admito.

Soltamos uma risada e Maya nada até a escada na lateral do píer, e eu a sigo. Saltamos várias vezes até nos cansarmos e decidirmos nos sentar na borda para pegar sol.

— Você gostava de morar em BH?
— Foi o único lugar que eu morei, então acho que sim.
— Dou de ombros, porque ainda é muito estranho pensar que não estou aqui de férias.
— Deve ter sido uma bosta ter deixado seus amigos.

Estamos sentadas na beirada do píer e, agora que sei, ele parece mesmo bem acabado, mas confio que não vá desabar justo hoje. Balançamos os pés na água enquanto nossas mãos estão apoiadas na madeira.

— Meio que foi mesmo. Sinto falta deles.
— De alguém especial?
— Especial?
— Um namorado, sei lá...

Quase solto uma risada, não porque a pergunta seja engraçada nem nada, mas é que um namoro parece algo muito distante de acontecer na minha vida.

— Não.

— Isso é bom.
— É?
— Eu acho, uma coisa a menos pra sentir falta, né?
— Tem razão.

* * *

Maya me convida para voltar ao lago no dia seguinte. E é claro que eu aceito. Não só porque não tenho mais nada para fazer, mas porque estar com ela é estranhamente confortável e divertido.

Não quero soar como uma adolescente dramática, mas ela é, tipo, a *única* coisa boa desse lugar.

Estamos sentadas no deck quando ela tenta saber mais da minha vida. Na moral, se fosse qualquer outra pessoa eu iria achar esquisito, mas Maya faz parecer natural e me faz ter a mesma vontade de saber mais sobre ela.

— Você pensa em voltar pra BH pra estudar?
— Só se eu não precisar morar com o meu pai.
— Você pode prestar vestibular pra outra cidade também.
— Pra ser sincera, nem sei o que quero estudar ainda. Tô encarando essa mudança como, tipo, um ano sabático.
— Você deve ter pensado em alguma coisa.
— Nadinha — respondo com sinceridade. — E você?
— Quero estudar biologia marinha.
— Você sempre gostou do mar?
— Na real, não sei te responder isso, mas tô louca pra descobrir.
— Você nunca foi na praia? — pergunto com um pouco mais de indignação do que seria educado.

— A gente tá a quase novecentos quilômetros do mar.
— Ela dá de ombros sem fazer muito caso. — E a minha família não é muito de viajar... a gente tem esse lago e tals.
— É uma escolha, no mínimo, surpreendente.
— Por quê?
— Bom, sei lá, e se você não gostar tanto assim da vida marinha?
— Aí eu mudo de curso, ué. A faculdade é uma oportunidade única de sair dessa cidade, e eu pretendo aproveitar da melhor maneira.
— Acho que entendo.
Definitivamente entendo.

* * *

Nas semanas seguintes, passamos as tardes na água, andando de caiaque, nadando ou simplesmente tomando sol no píer, que é menos frágil do que parece.

A cada dia eu chego um pouco mais tarde em casa, e minha mãe fica um pouco mais brava. Apesar das ameaças, ela não tem coragem de me proibir, porque sabe que essa é a única distração que eu tenho por aqui.

Maya já sabe da minha vida inteira. Até porque a menina parece uma entrevistadora do *Roda Viva*, sempre me fazendo um milhão de perguntas. Mas, apesar do que você pode estar pensando, eu gosto de falar com ela.

Na real, eu gosto *dela*. Tudo nela é novo e inspirador, tipo, os livros que ela lê, as músicas que ela gosta, os lugares que ela sonha em conhecer.

No momento, estamos deitadas lado a lado em um colchão inflável em cima do píer. Já é fim de tarde e estamos jogando conversa fora enquanto assistimos ao sol se pôr.

Distraída, Maya brinca com a minha mão, ela meio que gosta desse lance de contato físico e eu meio que já me acostumei.

— Você já se apaixonou? — ela pergunta de repente.
— Acho que não.
— *Acha?* Você tá em dúvida?
— Hmmm, não. Nunca.
— Você é muito bonita pra nunca ter se apaixonado.

Não sei se fico lisonjeada ou encabulada, mas sinto meu rosto ardendo.

— Desde quando ser bonita é pré-requisito pra se apaixonar?
— Se você é bonita, mais pessoas querem ficar com você e, se mais pessoas querem ficar com você, suas chances de se apaixonar aumentam. É um fato estatístico.
— Que besteira! — Solto uma risada. — Mas ainda que fosse verdade, não é como se tivesse uma fila de caras atrás de mim.
— E de garotas?
— Como é?

Ela não me responde, então viro o rosto na sua direção. e nossas mãos continuam conectadas uma à outra. Sinto uma sensação estranha de euforia e ansiedade.

Se eu prestar bastante atenção, acho que vou encontrar a resposta para a pergunta que está presa na minha garganta.

Quero perguntar se ela poderia ser uma dessas garotas, mas não tenho coragem e deixo o momento passar.

* * *

— Eu sou muito burra!— exclamo sozinha, deitada na minha cama. — Eu podia ter, tipo, sei lá, só beijado ela! Isso simplificaria tudo.

Em vez disso, estou aqui, pensando que tenho que fazer alguma coisa amanhã, sem falta, ou nunca mais vou ter paz na vida.

De uma hora para outra, tudo que consigo pensar é no jeito como o canto da boca dela se curva de modo meio levado e seus olhos se iluminam quando ela tem uma ideia, ou descobre um lugar novo, ou quando eu conto algo que ela ainda não sabia.

Juro que nem sei como as coisas aconteceram, foi tudo meio rápido, e, de repente, tudo fez sentido, mas apesar da velocidade vertiginosa dos acontecimentos, agora que eu tomei uma decisão, parece que o tempo resolveu parar.

* * *

Estou simplesmente apenas engolindo meu almoço, tamanha ansiedade.

— Essa pressa toda aí é porque você vai encontrar a Maya? — minha mãe pergunta e eu quase me engasgo com a mera menção ao nome dela.

— Uhum.

— Você não acha que tá exagerando? Você não desgruda mais dessa menina.

É claro que justamente *hoje* ela iria resolver implicar com isso. Apenas reviro os olhos.

— Sua avó já insinuou que eu não deveria deixar você "ficar pra cima e pra baixo com a filha do Juca, porque ela não é uma boa companhia" — diz, fazendo uma imitação perfeita da fala da minha avó.

Em outra situação, eu até teria achado engraçado, mas agora só fico irritada. Primeiro, porque a Maya é um pouco aventureira, é verdade, mas daí a dizer que ela não é boa companhia é um exagero. Segundo, por que essa implicância agora?

— Que besteira, o que tem para não gostar na Maya? Você mesma disse que é muito legal da parte dela ser tão "gentil e amigável". Foi isso que você disse, com essas palavras.

— Tá bem, tá bem — ela diz, levantando as mãos e soltando um suspiro resignado. — Mas antes de ir, você vai lavar a louça. E nada de voltar pra casa tarde.

Vou te contar, parece até que as mães pressentem quando a gente tá prestes a fazer alguma coisa que elas reprovariam. E dessa coisa em questão, eu tenho certeza de que ela não iria gostar nadinha.

Quando chego na sua casa, Maya já está à minha espera.

— Você demorou, tava até achando que ia levar um bolo.

— Desculpa, minha mãe ficou no meu pé hoje — respondo enquanto olho de soslaio para a casa da minha avó, torcendo para que ela não me veja. — Bora?

— Bora!

Pela primeira vez, sinto um clima esquisito e meio tenso entre nós, como se estivéssemos pisando em ovos. Eu, com certeza, estou.

Meu plano é retomar o "assunto" inacabado assim que a oportunidade surgir. O problema é que nunca parece ser o momento certo.

Nós já apostamos quem nada mais rápido, já saímos com o bote e já treinamos nossos saltos sincronizados — Maya me garantiu que não tem pedras nem troncos perigosos no lago —, agora temos um vasto repertório de saltos.

Quando estamos enfim sentadas no píer, parece a oportunidade perfeita, o céu subitamente escurece sobre as nossas cabeças e o vento começa a soprar com força.

Penso por um segundo se não é um castigo divino por eu estar pensando em, você sabe, beijar uma garota. Mas acho que Deus tem coisas mais importantes para se preocupar.

Corremos para recolher as nossas coisas e nos abrigar na cabana. Assim que Maya fecha a porta, a chuva começa a bater forte contra o telhado.

— Ainda bem que a gente não estava no bote — ela diz aliviada.

Ficamos em pé em frente à janela, observando um pouco assustadas a violência da chuva e do vento.

Espero que a cabana esteja menos podre que o píer.

O lugar está na penumbra e é iluminado vez ou outra pela claridade dos relâmpagos e raios.

— Vem, vamos esperar ali em cima, porque isso tá com cara de que vai demorar. — Ela vai em direção à escada, mas interrompo o trajeto quando a seguro pela mão.

— Maya!

Eu ensaiei a pergunta o dia todo, mas quando ela me olha, não preciso falar nada. Apenas a puxo para perto e a última coisa que vejo antes de beijá-la é que seus olhos assumem um tom mais escuro.

Ela coloca uma mão na minha nuca e a outra na minha cintura, estreitando a distância entre a gente, ao mesmo tempo que eu enterro meus dedos nos seus cabelos e intensifico o beijo. Depois de alguns minutos, sinto que ela sorri contra a minha boca e me afasto apenas o suficiente para olhá-la com curiosidade.

— Depois de ontem, eu achei que isso não ia acontecer — esclarece, com um sorrisinho malicioso.

— Em minha defesa...

— Depois você se defende...

Dessa vez é ela quem me beija.

Eu achava que esse negócio de sentir as pernas bambas era só figura de linguagem, mas juro que é assim que me sinto.

Pressiono meu corpo ainda mais contra o dela, um pouco por medo de perder o equilíbrio e, principalmente, porque ela está de biquíni e o calor que irradia da sua pele é difícil de ignorar.

Ela acaricia a minha nuca, deslizando os dedos pela lateral do meu pescoço, mordiscando meu lábio inferior e acordando meu corpo inteiro. Escuto o estrondo de um trovão, mas é impossível pensar em outra coisa que não seja a sensação da pele da Maya.

— Você quer subir pro mezanino? — ela meio que sussurra, e sinto um arrepio percorrendo o meu corpo... e não é de frio.

Não sou idiota, sei o que esse convite significa.

E apesar da surpresa pela rapidez com que as coisas estão acontecendo e da minha inexperiência no assunto, eu quero.

Qualquer receio que possa existir no fundo da minha mente é encoberto pelos beijos e toque dela. Então, deixo Maya me puxar na direção da escada.

Não penso em mais nada que não seja ela ou os sons que escapam da sua boca ou o cheiro de sol que exala da sua pele. Vejo tudo em flashes: o dourado do cabelo dela se espalhando sobre o tapete, a forma do seu corpo embaixo do meu, seus olhos semicerrados...

O barulho da chuva no telhado e a meia-luz produzida pela tempestade no meio da tarde deixam tudo meio mágico. Concluo que, no fim das contas, a chuva não era um castigo divino.

Nunca imaginei que a minha primeira vez seria com uma garota, nem que seria tão... nem sei. É como se eu tivesse ganhado um presente surpresa. Tipo, uma coisa que eu nem sabia que queria até chegar e mudar tudo.

***

Acordo entrelaçada à Maya.

Uma manta nos mantém aquecidas e confortáveis, mas me assusto ao perceber que já é noite.

A minha mãe vai me matar!

Pior que ainda tá chovendo.

Bom, a vida real chama, então acordo Maya com alguns beijos no rosto.

É estranho eu me sentir tímida? Tipo, eu sei que a gente acabou de... você sabe... *transar*. Mas é estranho beijar ela assim. Parece mais íntimo, de alguma forma.

Maya resmunga alguma coisa antes de abrir os olhos.

— Acho que temos que ir — falo.

— Já? — ela pergunta, ignorando minha preocupação e me puxando para um beijo rápido. — Ainda é cedo.

— Já é de noite.

— É uma pena a gente não poder dormir aqui.

— Quem sabe outro dia, se a gente planejar direitinho — falo, já me apegando a ideia.

— Mas tem que ser antes da volta às aulas, senão meus pais não vão deixar e no fim de semana não rola, você sabe — diz.

— Então tem que ser essa semana. Por falar nisso, tomara que a gente caia na mesma turma.

— Com certeza vamos estar na mesma turma — ela fala enquanto entrelaça nossos dedos.

— Como você sabe?

— Maria Luísa e Maya estão lado a lado no alfabeto.

— É assim que eles dividem as turmas aqui?

— Não é assim que dividiam na sua escola?

— Sei lá, acho que não.

— Isso não importa, o que importa é que vamos estudar juntas.

— Vai ser um desastre — falo.

— Como é?!

— Como vou me concentrar em qualquer outra coisa que não seja você se estivermos na mesma sala?

É brincadeira, mas também é verdade. Depois de hoje, eu sei que vai ser impossível não pensar nela durante boa parte do meu dia.

— Deixa de ser besta.

— Ela se joga sobre mim e me beija mais uma vez, e eu esqueço completamente que preciso ir embora.

***

Quando chego em casa, já passa das dez e, para piorar a situação, estou encharcada. Juro para você que, em dezesseis anos, nunca vi minha mãe tão brava como neste momento. O que é uma tremenda injustiça porque ela não pareceu tão zangada nem quando o meu pai a traiu.

— A gente tava esperando a chuva passar — falo, tentando o meu melhor olhar de cachorrinho abandonado.

Não funciona.

— Você quer me matar do coração? Eu já tava prestes a chamar a polícia porque achava que vocês tivessem se afogado ou coisa assim.

— Ai, que drama, mãe.

— Se você acha que pode fazer o que bem entende só porque teve que se mudar pra cá, está muito enganada. Daqui pra frente, vão ter regras nessa casa. E adivinha? Você está de castigo. Agora vai tomar um banho e tirar essa roupa molhada antes que você fique doente!

Nem me atrevo a perguntar qual é o castigo, mas se tivesse que apostar, diria que não vou poder sair de casa amanhã.

Tudo bem, ela não vai conseguir estragar o meu bom humor.

***

Na manhã seguinte, acordo tarde, sentindo meu corpo todo dolorido e um frio incomum para essa época. Visto um casaco e, assim que minha mãe me vê na cozinha, logo dá o veredito:

— Você tá com uma cara horrível, eu sabia que ia ficar doente.

— Eu tô bem, mãe.

Ela ignora meu comentário e coloca a mão na minha testa para checar a temperatura.

— Acho que tá com um pouco de febre. Volta pra cama, vou fazer um chá com limão e mel e depois levo com umas torradas pra você.

Me arrasto de volta para cama porque estou mesmo me sentindo um lixo. Ao longo do dia, vão aparecendo todos os sintomas de um resfriado, e eu me sinto tão derrubada que durmo a tarde toda.

Odeio ficar doente!

Quando acordo, decido ligar para Maya. Ela deve estar preocupada.

Encontro a minha mãe no meio do caminho e ela me pergunta por que eu não estou na cama.

— Preciso ligar pra Maya.

— Não precisa, ela já sabe que você tá doente.

— Sabe? Como?

— Ela teve aqui mais cedo.

— Por que você não me chamou, mãe? Eu queria falar com ela!

— Você tava dormindo. Além do mais, você tá de castigo e, em boa parte, por causa dessa garota.

— Por favor, me diz que você não encheu o saco dela!

— Ela não é minha filha. Mas ela sabe que você está de castigo até domingo.

— Até domingo? Puta que pariu!

— Olha essa boca se não quiser que eu aumente pra um mês.

— Era só o que me faltava: cárcere privado agora!

— Não sei por que esse desespero todo, você nem se aguenta em pé, não é como se fosse conseguir sair de casa de qualquer forma.

Volto pro meu quarto e bato a porta. Não acredito que Maya veio até aqui e nem nos falamos. Assim que tiver uma brecha, vou pelo menos ligar para ela.

Isso só acontece no dia seguinte, quando minha mãe sai para ir ao mercado. Estou só há um dia sem ver ela, mas a sensação é de que já faz uma semana. É ridículo, eu sei. Mas o que eu posso fazer se é assim que eu me sinto? Também é ridículo — ou talvez preocupante — o tanto que o meu coração palpita enquanto o telefone chama.

— Oi! — Ela atende em um tom mansinho de voz. — Tá melhor?

— Parece que fui atropelada, mas, fora isso, eu tô bem.

Ela solta uma risada antes de me perguntar:

— Sua mãe te falou que eu estive aí?

— Falou. Ela não te tratou mal, não, né?

— Não. Mas ela não parecia tá no melhor dia...

— Pois é, ela ficou puta da cara porque cheguei tarde e ainda por cima fiquei doente.

— Foi mal.

— A culpa não foi sua — falo. — E eu faria de novo!

— Eu também.

— Por que você demorou tanto pra me beijar, então? — pergunto.

— Tecnicamente, foi você que me beijou, então a demora foi sua — ela solta uma risadinha antes de continuar —, mas, em minha defesa, eu queria te beijar desde o primeiro dia.

— Jura?

— Você realmente não percebeu?

— Acho que sou meio lerda — admito. — Mas quando eu finalmente entendi, não consegui pensar em outra coisa.

— Você não é lerda. E eu não mudaria nada.

Não consigo evitar o sorriso e nem o rubor nas minhas bochechas.

— Seus pais não encrencaram porque você chegou tarde? — Mudo de assunto, porque me sinto meio sem jeito.

— Não, eles sabem que não é perigoso andar nas ruas daqui à noite.

— Que bom então.

— Eu tava pensando em passar aí pra te ver — Maya diz e sinto um solavanco no peito com a simples sugestão de que ela quer me ver.

Isso é normal?

— Eu queria muito que você viesse, mas meu castigo é de regime fechado, não posso fazer nada até domingo. Infelizmente.

— É que eu queria te contar uma coisa... — ela fala, parecendo meio nervosa.

— Conta, ué!

— Eu preferia que fosse... pessoalmente.

Tudo bem que eu a conheço há, tipo, um mês, mas eu nunca vi Maya nervosa.

— E pode esperar até segunda?

Segunda-feira é nosso primeiro dia de aula e vamos nos ver independentemente do bom humor da minha mãe.

Maya pondera um pouco.

— Acho que sim.

— Beleza, então — falo, tentando soar casual, mas não gosto nadinha da sensação no meu estômago, nem desse silêncio que escuto do outro lado.

O som do carro no lado de fora da casa chama a minha atenção. Que saco!

— A minha mãe chegou — digo —, é melhor eu desligar.
— Tudo bem.
— A gente, hum, se vê segunda — balbucio, me sentindo meio preocupada de repente.
— É... Malu?
— Oi?
— Tô com saudade.

Finalmente a sensação de peso no meu estômago dá lugar às borboletas, que são muito mais bem-vindas.
— Eu também tô!

***

Quando falei "a gente se vê segunda" não imaginei que também só nos *falaríamos* na segunda. Mas todas as vezes que liguei no fim de semana, ela não estava em casa. Acho que esse foi o maior tempo que passei longe dela desde que me mudei pra cá — e detestei a experiência! Por sorte, hoje é segunda e tudo vai voltar ao normal.

Quando apareço para o café, minha mãe me olha surpresa, mas pelo sorriso dela sei que aprovou meu esforço em ficar bonita. Na real, eu só prendi meu cabelo em um coque e fiz uma maquiagem, porém já é mais do que geralmente faço.

— Isso tudo é pra causar uma boa primeira impressão?

Eu dou de ombros, mas tem um sorriso meio idiota que não sai do meu rosto, então vejo minha mãe sorrindo de volta, satisfeita por achar que estou empolgada com o primeiro dia de aula.

Melhor que ela pense que o motivo é esse mesmo.

— Você quer que eu te leve? — ela pergunta quando acabo meu café.

— Não precisa, eu vou de *bike*.

Beijo ela no rosto antes de sair, coisa que não fazia há muito tempo, e ela abre um sorriso ainda maior.

Durante o trajeto até a escola, tudo que consigo pensar é na Maya. Eu deveria tá, tipo, meio nervosa com o primeiro dia de aula, mas acho que tô mais nervosa com a tal coisa que ela quer me contar.

Eu não sei o que pode ser, mas o tom dela era meio sério e nervoso... Enfim, acho que logo, logo eu vou descobrir o que é.

Mas não é só nisso que penso; na verdade, penso mais *nela*. Eu nunca me apaixonei antes, mas acho que é seguro concluir que os sintomas estão todos aqui. Eu simplesmente não consigo pensar em outra coisa, tipo, de verdade.

Quando me dou conta, já tô pensando nela de novo e lembrando de uma coisa muito aleatória e esquecível, mas que eu não consigo esquecer porque foi com *ela*. Juro que isso é ridículo e provavelmente vai atrapalhar os meus estudos, mas eu não quero que essa sensação acabe nunca.

Passei um tempão achando que tinha algo de errado comigo porque eu nunca gostava dos garotos. Eu odiava quando as minhas amigas os chamavam para uma noite das meninas, tipo, odiava muito, a ponto de querer ir embora.

Na moral, eu deveria ter percebido que era mais que amizade o que sentia pela Ana Clara, minha melhor amiga na sexta série.

Não acredito que precisou acontecer uma reviravolta tão grande e eu vir parar em Monte Azul para descobrir uma coisa tão importante e básica sobre mim. Confesso que me sinto meio trouxa de só perceber agora, com quase dezessete anos. Mas, ao mesmo tempo, me sinto aliviada. Tá aí uma coisa sobre a Maya que eu não sei. Com quantos anos ela percebeu que gostava de meninas, porque, tipo, eu tenho a impressão de que ela já sabe há um tempão.

Sou arrancada dos meus pensamentos quando chego à escola e a barulheira dos alunos conversando me distrai. Deixo minha *bike* junto às outras, mas não vejo a da Maya ali.

Caminho pelo lugar, tentando descobrir onde fica minha sala, enquanto sinto olhos curiosos na minha direção o tempo todo.

Eu juro que nem sabia que tinha tantos adolescentes nessa cidade, porque, tipo, eu só conheci a Maya no mês inteiro que estou aqui. Engraçado que no primeiro dia que a vi, tive a impressão de que ela era baita popular, mas ela meio que não falou de mais ninguém e nem pareceu ter outros compromissos.

Sinto meu coração acelerar e meus lábios se alargando em um sorriso involuntário quando a vejo no fim do corredor. Maya está de costas, conversando com duas garotas.

Sigo na sua direção, me sentindo tímida de repente e ensaiando um "oi" na minha cabeça, quando vejo um cara surgir e a abraçar por trás com certa intimidade. Fico paralisada no meio do caminho enquanto assisto a cena.

— Que saudade que eu tava da minha namorada. — Escuto ele dizer enquanto a beija no pescoço, no rosto e, finalmente, na boca.

Maya sorri para ele um pouco encabulada, não escuto sua voz, mas reconheço as palavras: "eu também".

As engrenagens do meu cérebro lutam para entender o que diabos está acontecendo. Parecendo pressentir minha presença, os olhos da Maya cruzam com os meus, mas saio tão rápido que, em questão de poucos segundos, já tô pedalando minha *bike* em direção a qualquer outro lugar.

Já estou longe quando escuto o sinal da primeira aula.

— Mas que filha duma puta! — exclamo, sentindo meu rosto molhando com as lágrimas.

Não posso ir para casa, então fico rodando sem destino. Quando me dou conta, tô parada na porteira do lago. Não que eu esteja morrendo de vontade de estar aqui, mas meio que cheguei sem querer.

Em vez de ir até a cabana, me sento embaixo de uma árvore. Não ouso olhar pra cabana nem pro píer, mas me pego desejando que essa merda podre quebre com ela em cima da próxima vez que vier aqui.

Por mais que eu me esforce para achar uma desculpa, não tem nada que justifique o que Maya fez. Eu devia ter entendido a porra do recado quando ela disse "a gente faz o que pode para se entreter por aqui", literalmente, no primeiro dia que a gente se falou.

Então foi isso? Eu fui um "entretenimento" pra ela? Uma distração enquanto o namorado estava sei lá onde?

— Que filha duma puta! — repito.

Eu sou muito trouxa mesmo, meu Deus. Como eu sou burra! Agora entendo por que ela nunca me apresentou a nenhum amigo.

Não sei como ela pretendia esconder por mais tempo que tinha um namorado.

Tá na cara que não pretendia.

Na certa, está rindo de mim até agora. Por que outra razão ela me deixaria descobrir da pior forma possível, senão por pura diversão?

E se era isso que ela queria me contar, que tinha a droga de um namorado, por que deixou pra me contar hoje *com ele junto?!*

Será que ela acha que eu sou tão trouxa assim, que nem ia ligar, que ia olhar para ele e falar: "E aí, queridão, como vai? A sua namorada beija muito bem, parabéns!".

— Essa garota é uma sádica! — Escuto minha própria voz, embargada pelo choro e me sinto ainda mais patética.

Eu não acredito que, no final das contas, a *minha avó* é que tinha razão. Se bem que eu deveria ter desconfiado, afinal, ela tava certa sobre o meu pai também.

Mas eu podia jurar que a Maya sentia o mesmo que eu. O jeito como ela me olhava parecia tão verdadeiro, me fazia sentir, sei lá, especial.

Eu sou muito idiota mesmo.

* * *

Largo a *bike* na garagem e entro em casa como um furacão. Minha mãe logo aparece atrás de mim.

— Onde você estava? Nem adianta mentir porque ligaram da escola perguntando por que você faltou — dispara.

— Não interessa onde eu tava! Eu não pretendo botar meus pés nessa escola nunca mais!

— Como é?!

— Você ouviu.

Como eu odeio esse lugar!

Começo a abrir as gavetas da cômoda e jogar tudo sobre a cama.

Minha mãe me segue.

— Eu vou embora! — informo.

— Embora pra onde, Maria Luísa? Tá maluca?

— Vou morar com o meu pai!

— Ah, mas não vai mesmo! — Ela me segura pelos braços, tentando me impedir de continuar a esvaziar as gavetas. — Filha — ela fala um pouco mais afetuosa —, se fizeram alguma coisa na escola, me fala que vou lá agora mesmo tirar tudo a limpo!

Não respondo nada, mas também não tento me desvencilhar dela.

— Você é minha filha — ela continua —, e eu nunca vou deixar ninguém te machucar.

Não sei se foi a escolha de palavras ou o tom da voz dela, mas começo a chorar de novo. Não quero assustar minha mãe, mas não consigo me controlar.

Não posso dizer para ela que já tô machucada. Mas é o que sinto. Tenho a sensação de que a vida tá me machucando continuamente nessas últimas desgraças de semanas, e não entendo o motivo.

Minha mãe me abraça e tenta me consolar; mesmo assim, não conto nada do que aconteceu. Não quero ter que lidar com mais esse drama. Não agora.

— Desculpa, mãe. Eu não queria te assustar — balbucio depois de um tempo.

— Tá tudo bem, meu amor.

Estamos as duas sentadas no chão, o braço dela ainda sobre o meu ombro, em um meio abraço.

— Desculpa — repito, mais calma.

— Tá tudo bem. Você me assustou com aquele papo de morar com o seu pai.

— Mas eu vou morar com meu pai, não quero ficar aqui!

Minha mãe me olha, mas dessa vez vejo que está irritada.

— Você por acaso esqueceu que ele tá morando com aquela mulher e que eles estão prestes a ter um bebê?!

Inferno.

Por um momento, eu realmente esqueci.

— Não sei o que diabos te deu, mas vou fazer um chá de camomila pra você e, quando voltar, quero isso tudo de volta nas gavetas!

***

Escuto uma batida na porta, mas ela está aberta e a minha mãe nunca bate. Meio desconfiada, me viro para dar de cara com *ela*.

Mas que diabos.

— Ah, que ótimo! *Hoje* a minha mãe decidiu deixar você entrar.

— Ela tá preocupada — Maya diz. — Me pediu pra te convencer a ficar. Você vai embora?

— Eu ainda não convenci minha mãe, mas vou, sim — respondo com convicção.

Só olhar para a cara sonsa dela já me faz querer chorar de novo. Mas eu me recuso! Pelo menos na frente dela.

— Você tá assim por causa do Guilherme?

— Se, por acaso, Guilherme é o nome do seu namorado, não, não é por causa dele. Vou embora porque esse lugar é um buraco e não aguento mais ficar aqui.

— O que você viu não é o que parece!

— E o que parece? — pergunto de modo meio desafiador.

Quero que ela confesse de uma vez.

Ela solta um suspiro e mexe as mãos, meio que sem saber o que fazer.

— Ele não é meu namorado — diz.

— Maya, na moral, não me importa o que ele é seu — falo, voltando a pegar as minhas coisas na gaveta.

Eu não estava pensando em fazer as malas agora, mas meio que não consigo ficar parada, nem olhar para ela.

Sinceramente nem sei o que diabos ela tá fazendo aqui, e ela também não desembucha logo.

Então escuto a porta do meu quarto fechando e me viro para ela um pouco surpresa.

— Eu preciso te contar uma coisa — sussurra.

— Que você tem namorado? — Imito o tom dela com ironia.

— Eu não tenho namorado!

— Então quem diabos era aquele te beijando?!

Ela solta mais um suspiro.

— Há uns dois anos, eu conheci uma menina, ela também era nova na cidade, igual você, e a gente meio que, você sabe, começou a ficar e tals. Só que, sei lá, alguém viu a gente e a fofoca se espalhou rápido como um foguete. Cidade pequena é um inferno, Malu.

Não digo nada, mas penso no comentário da minha avó sobre ela.

— Os meus pais ficaram muito putos da cara e mal falavam comigo; uns meses depois, a Olivia, a menina que eu tava ficando, mudou de cidade porque a família não

tava aguentando os comentários. Foi horrível! Todo mundo me olhava e cochichava no meio da rua, meus amigos ficaram superesquisitos comigo, nem me convidavam para fazer as coisas...
Eu não sabia o que dizer, então achei melhor não falar nada.

— O único que ficou do meu lado mesmo foi o Gui, ele é o meu melhor amigo e também é gay, embora ninguém saiba. Foi nessa época que a gente decidiu fingir que tava namorando.

— Espera, o quê?

— Ele não é meu namorado... é só, sei lá, uma fachada, pros nossos pais não ficarem no nosso pé.

— Por que diabos você não me contou isso antes?

— Eu mal te conhecia, Malu! Não ia sair falando: "Olha só, se liga, eu tenho um namorado falso pra ninguém ficar falando que eu sou a sapatão da cidade!".

— Como não me conhecia, garota? — Eu ainda tava irritada. — A gente até dormiu juntas!

— Depois disso eu queria te falar, mas meio que não deu tempo...

— Aí você resolveu esperar o seu pseudonamorado voltar para eu ver com os meus próprios olhos?

— Eu não sabia que ele já tinha voltado! Ele ia voltar só na segunda semana de aula. Que merda, Malu, dá pra me dar um voto de confiança?

Meu primeiro instinto é um retumbante "não", mas alguma coisa me impede e não falo nada.

— E, pra ser sincera, eu nem sabia como te falar. Eu tenho um namorado falso e provavelmente vou continuar tendo; e eu não sabia como você iria reagir a isso, porque é uma droga, sabe? Ter que fingir, mas eu não tenho escolha, não posso arriscar isso agora.

— Parece mesmo uma droga — concordo.

Ela me olha meio cabisbaixa. *É uma droga.*

Mas sei que nesse momento, eu também não tenho escolha, vou ter que fingir. Minha família é baita careta e, sinceramente, não tem espaço para mais esse drama na minha vida.

Ano que vem, vou para a faculdade e as coisas talvez sejam diferentes. Mas, por ora, é a única opção.

— Você gosta de mim? — pergunto.

Maya responde apenas balançando a cabeça. Posso ver que ela tá supernervosa, mas também tá sendo sincera.

— A gente pode, sei lá, tentar! — sugiro.

— Então você não vai embora? — ela pergunta com certo brilho no olhar.

Dessa vez sou eu que respondo apenas com um sacudir de cabeça. Ela abre um sorriso e caminha até mim.

Sinto os lábios de Maya contra os meus e penso que talvez não seja tudo uma droga afinal de contas.

UM BOM COMEÇO

Júlia Maizman

ILUSTRAÇÃO:
Taíssa Maia

@taissamaia

Milos se arrependeu de não ter levado a sério quando disseram a ele que, no Brasil, as pessoas usavam branco no Ano-Novo. Agora, naquela festa muito chique em que ninguém o conhecia, seu smoking preto parecia completamente inapropriado — como se a altura de mais de um metro e noventa já não o fizesse se destacar o bastante.

Na Estônia, Milos não era considerado assim tão alto. Sim, era considerado assustador e intimidador, mas isso tinha muito mais a ver com os músculos, a cabeça raspada e a cicatriz no pescoço. E, além disso, as pessoas sempre acabavam mudando de opinião assim que descobriam que o seu filme predileto era *Divertidamente*.

Está tudo bem, ele verificou o terno no grande espelho no hall. *Essa é a minha primeira vez e é errando que se aprende.*

Milos mal podia acreditar que estava numa festa de réveillon na mansão de Leléo, o pagodeiro que mais tinha emplacado hits naquele ano. Não que se ouvisse muito pagode na Estônia, mas Milos já estava por dentro o bastante da cultura brasileira para reconhecer uma lenda das músicas de carnaval, que recentemente tinha anunciado também o início de uma carreira de ator com o filme de ação *Batuque explosivo*.

Casado com Bea Brandão, ex-Miss Bumbum e fundadora daquela famosa marca de creme contra foliculite, o cantor tinha se esmerado para receber os convidados mais badalados naquela virada de ano. Influenciadores digitais, jornalistas de fofoca, nomes da TV e da música — não que Milos se encaixasse em alguma dessas categorias. Ele era bem menos glamouroso do que isso.

— Segurança ou garçom? — uma senhora impaciente, da equipe organizadora do evento, perguntou olhando para ele de cima a baixo. E então, como se fosse muito óbvio, ela concluiu: — Tá, segurança. Você pode ficar ali, vigiando para ninguém subir as escadas. A parte superior é estritamente proibida para convidados.

Milos a observou ir embora, segurando o fone de ouvido na orelha e resmungando no microfone de um radinho:

— Tem uns fãs querendo entrar na festa, mas não deixa, não, Robson. Aqui só entra VIP, hein?

Aquilo ali não era um jeito ruim de passar o último dia do ano. Milos gostava de fazer as coisas pela primeira vez e gostava de coisas bonitas e bem-arrumadas, tanto quanto gostava de ritos de passagem e oportunidades de recomeço.

Mas, dentre todas as flores brancas, as luzes natalinas e as taças de champanhe, o que mais chamou sua atenção foi um pequeno ponto de caos num cantinho do salão. Era uma jovem mulher. Uma garota esquisita, com cabelo escuro e a expressão no rosto de alguém que tinha uma bomba-relógio para desarmar antes que o ano acabasse. Não sabia mais nada sobre ela, mas algo o fazia pensar que ela seria o tipo de heroína improvável de que ele precisava em sua história.

Milos se imaginou indo até ela e seu rosto enrubesceu. Apesar de os fogos de artifício ainda estarem a algumas horas de estourarem no céu, parecia que algo brilhante já pipocava dentro de si.

* * *

Catarina deveria estar aproveitando a festa de réveillon mais chique para qual já fora convidada, mas sabia coisas demais para ficar em paz. Primeiro, sabia que o motivo principal para Leléo estar dando aquela festa era para comemorar que conseguira o papel principal em *Batuque explosivo*. Que era seu sonho de criança despontar como ator, melhor ainda que fosse num filme que juntasse samba e coisas explodindo. Mas, sobretudo, Catarina sabia que nada disso sequer deveria estar acontecendo.

Leléo só tinha conseguido aquele papel porque ela mesma, a estagiária mais insignificante da equipe de produção de elenco, cometera um deslize terrível.

Sua chefe, Miriam, a tinha dispensado no dia dos testes para o papel de protagonista, porque a garota estava por um fio na prova final de Preservação Audiovisual. Disse que ela poderia se concentrar nos estudos e que sua única função seria mandar o e-mail de aprovação para o ator escolhido, e copiar todos os restantes numa mesma mensagem de rejeição. Quem poderia prever que Catarina se confundiria e mandaria o e-mail positivo para a pessoa errada? E a pessoa errada, nesse caso, foi o pagodeiro Leléo, que havia se mostrado um ator tão ruim que a equipe decidiu colocar a ficha dele separada em uma categoria própria.

Percebe por que Catarina se confundiu? Antes que a estagiária pudesse corrigir o erro, o empolgadíssimo Leléo já tinha anunciado a novidade em suas redes sociais e entrado para os assuntos mais comentados da internet. E, de repente, o pior ator do mundo era uma realidade sem volta.

Se essa foi a minha primeira vez tentando e eu já estraguei tudo, então eu devo mesmo ser o problema.

Catarina estendeu a mão para o último canapé de tomate seco na bandeja do garçom que passava, mas antes que seus dedos pudessem tocar a iguaria, sentiu um tapinha na mão.

— Uma estagiária deixa o último pedaço para a chefe.

Era Miriam, que ainda não tinha tido tempo de descontar sua frustração na garota desde que tudo aconteceu. Foi tudo tão rápido, e ela já tinha uma viagem marcada para comemorar o Natal com a sua família no interior. E, você sabe, o Natal já é estressante o bastante por si só. A única coisa que a chefe de Catarina teve tempo e cabeça para dizer a ela foi: "É melhor que você dê um jeito nisso, ou o título *Batuque explosivo* vai ganhar um novo sentido, porque vão ser as nossas carreiras que explodirão em mil pedaços". E, a partir daí, o cérebro de Catarina passou a funcionar como um cronômetro contando os segundos até o inevitável momento da demissão.

— Miriam, eu... eu sinto muito pelo meu erro, mas... mas talvez não tenha sido assim tão ruim. Eu acho que os patrocinadores...

A verdade é que os patrocinadores tinham adorado o vacilo de Catarina. Diversas marcas queriam apoiar aquele projetinho de médio porte graças à influência de Leléo. Quem diria que marcas de tempero para churrasco teriam interesse em leis de incentivo à cultura?

"Ei, quem sabe a gente consiga aquele CGI caro para as cenas de luta com os patrocinadores novos", torciam os produtores-executivos. Além do que, a equipe toda foi convidada para aquela festa chique de réveillon graças a ela, não foi?

— Garota, nós estamos ferrados. O filme não vai funcionar com o Leléo como ator principal. Mas como os produtores ligam mais para dinheiro do que para qualidade artística, o único jeito de consertar isso é fazendo o próprio Leléo desistir.

Catarina respirou fundo. Ela estava certa, tudo estava arruinado.

— O que eu posso fazer para ajudar?

Miriam semicerrou os olhos, ponderando se valia a pena executar o plano sussurrado pelo lado mais sombrio de sua mente.

— Me dá o seu celular.

— Miriam, eu não tenho dinheiro pra...

— Não é para *literalmente* me dar ele, é só para me emprestar. E me fala a senha.

***

Milos viu aquela mulher com o celular na mão, pisando firme, vindo até ele. "Infelizmente convidados não são permitidos no andar de cima", ele precisou informar, então Miriam bufou e foi procurar outro canto onde pudesse se esconder e pôr seu plano duvidoso em prática.

Catarina também viu tudo, inclusive Milos, que era grande e esquisito, e certamente a pessoa mais interessante naquela festa.

Foi aí que os olhos dos dois se cruzaram, meio desajeitados e meio em choque. Catarina achou que ele a olhava porque deveria estar com aquela cara de cachorro que quebrou a louça. Mal sabia que, nos últimos quinze minutos, ele já tinha decorado a forma que cada onda de seu cabelo castanho caía, emoldurando as bochechas redondas. E como ela inflava essas mesmas bochechas enquanto pensava, nervosa, que tinha a obrigação de ser impecável o tempo inteiro apenas por medo de incomodar.

***

A festa só começou para valer quando Leléo, em toda a sua glória pagodeira, com cabelo platinado e brincos de diamante, desceu pela escadaria principal do hall da mansão, acompanhado de sua eterna musa Beatriz. Seriam minutos e mais minutos cumprimentando cada convidado com dois beijinhos no rosto e agradecendo a presença. "Sim, pois é, ator de cinema agora", ele dizia com uma risada. "Então chora aí para a gente ver se você é bom mesmo", alguém respondia.

Catarina não recebeu nenhum beijinho porque estava escondida do lado de fora da casa, com peso na consciência.

A lua cheia brilhava forte, e ela tinha ouvido dizer que era o tipo certo de lua para canalizar uma verdadeira mudança de vida. Um ano melhor. Catarina realmente queria conseguir se formar na faculdade de cinema e, se não fosse pedir muito, se manter naquele estágio sem desapontar mais ninguém.

    Bea Brandão, a empresária do ramo dos cremes contra foliculite, costumava fazer vídeos falando sobre isso. Lei da atração, manifestar a realidade desejada. Dizia ela que, um ano antes de conhecer o amor de sua vida, havia construído um quadro de visualizações com muitas fotos de astros do pagode.

    Ela sempre repetia como, mesmo quando parecer impossível, é importante conversar com o universo, assim ele irá guiá-lo àquilo que seu coração deseja. Então, de olhos fechados sob o último luar daquele ano complicado, Catarina resolveu arriscar: fechar os olhos e pedir uma resposta. Um sinal do que ela deveria fazer com toda aquela culpa e insegurança.

    De repente, um farfalhar súbito a fez abrir os olhos num sobressalto. Veio de trás dela, perto do muro, indicando que havia alguém escondido ali. Quando ela prestou atenção, viu que eram seis ou sete pessoas. Fãs de Leléo, a julgar pelas faixas amarradas na testa e o totem de papelão em tamanho real com a foto dele que uma das garotas carregava consigo. Eles davam risadinhas agitadas sempre que Leléo passava por algum lugar da festa, visível através das grandes janelas envidraçadas que separavam a casa do jardim.

    A presença deles era claramente proibida, mas talvez valesse a pena arriscar ser enxotado em plena véspera de Ano-Novo para ter a chance de ver o próprio ídolo. Catarina meneou a cabeça, desolada. Era uma pena ele ser um ator tão ruim.

    — Olha lá, vamos mais pra perto — um dos fãs sussurrou de um jeito nada discreto, apontando para uma

movimentação estranha que se iniciava na sala de estar.
— Acho que o Leléo vai fazer um pronunciamento.

***

Leléo se aproximou do púlpito improvisado, onde faria o comunicado urgente. A música tinha parado de tocar e todos os famosos se reuniram num semicírculo silencioso. O pior ator do mundo deu dois tapinhas no microfone para checar se estava ligado.

— Boa noite, meus amigos e amigas. Sabemos que hoje é um dia de celebração, e não de trabalho, mas também sabemos que, às vezes, infelizmente precisamos dar notícias ruins.

Do lado de fora, uma fã soltou um gritinho de preocupação, mas um amigo tapou sua boca para garantir que eles continuassem ocultos. Catarina se juntou mais para perto deles, porque dali tinha uma boa visão de tudo.

— Se eu trouxe vocês para dentro do meu lar, do meu templo sagrado, é porque posso confiar em cada um de vocês. Ou, pelo menos, pensei que pudesse.

A tensão e a antecipação em cada par de olhos e em cada lente de câmera era quase audível, como estática numa TV velha.

— Problemas no casamento? — sugeriu um repórter. Leléo negou com veemência e fez o sinal da cruz. Ao seu lado, Bea Brandão repetiu o gesto.

— Vocês vão abrir um OnlyFans? — Atropelou um próximo, com uma empolgação um tanto suspeita. Uma fã hiperventilou só de imaginar.

— É sobre o longa-metragem *Batuque explosivo* — Bea disse, para interromper aquela série de palpites ridículos.

Leléo ajeitou a corrente de diamantes em volta do pescoço tatuado e limpou a garganta.

— Então... hum... Eu não vou mais fazer parte do filme. Sei que as filmagens estão agendadas para rodar dentro de duas semanas, mas eu acabei de descobrir algo, e acho que o melhor a fazer é desistir.

Dezenas de queixos caíram ao mesmo tempo. O produtor-executivo suou uma pizza em cada axila. Três patrocinadores se retiraram do projeto imediatamente. E Catarina sentiu o coração apertar, mas, no fundo, uma onda de alívio. Será que isso era a tal resposta do universo? Miriam devia ter dito a verdade ao pagodeiro. Ela tinha tanto a aprender com sua chefe! Ou, ao menos, foi o que ela achou, até que Leléo continuou:

— Uma simples estagiária... me levou a tomar essa decisão. Aparentemente, eu nunca estive apto para o papel, e minha contratação não passou de um engano. E, tudo bem, essas coisas acontecem. Mas ela decidiu esperar o meu dia favorito, o Ano-Novo, para enviar um e-mail me humilhando e me convencendo de que a minha única saída é desistir do papel. Catarina, você conseguiu o que você queria. Mas conseguiu da forma errada.

Um burburinho de pessoas perguntando "quem é Catarina?" se espalhou rapidamente por todo o local, e, diante de seus olhos, a estagiária assistiu a tudo enquanto se transformava na inimiga pública número-um. Ali, em meio aos fãs, murmúrios de "essa Catarina vai ver só uma coisa" arrepiaram pelos que a estagiária nem sabia que possuía.

Muitos dos jornalistas de fofoca e blogueiros, com suas transmissões em tempo real, gritavam por cima uns dos outros para ter suas respostas atendidas: "Como você tá se sentindo? Você chorou? E os shows? A turnê?". Era até difícil entender o que eles estavam falando, mas dava para supor a partir da resposta calma e decidida que o pagodeiro deu, sem se dirigir a ninguém em específico:

— Sim, também entrarei em hiato na carreira musical. Sem mais shows, nem participações em programas ou premiações. Aquele e-mail me magoou de um jeito profundo e agora eu preciso tirar um tempo só para mim.

Foi quando um grito de mais pura dor emocional irrompeu do exterior da mansão. Todas as cabeças se viraram para onde antes parecia haver apenas um jardim, mas, na verdade, meia dúzia de fãs se escondiam, passando mal com a notícia da pausa na carreira do ídolo.

— CATARINA, VOCÊ ME PAGA — esbravejou um deles, atirando-se contra o vidro, sem fazer ideia de que a tal Catarina estava ali, entre eles, do lado de fora.

— O que esse pessoal tá fazendo aqui? Quem deixou entrar?

Aos poucos, eles saíram dos arbustos e foram em direção aos janelões, as mãos espalmadas no vidro, tentando alcançar o artista. De repente, meia dúzia de fãs se tornou dez, quinze, mais de vinte pessoas surgindo por detrás das árvores. Eles estavam ali aquele tempo todo e Catarina não reparou? Os fãs batiam contra o vidro, fazendo com que os convidados, do lado de dentro, se assustassem. Algumas celebridades apontavam os iPhones em direção à cena, registrando-a em uma transmissão ao vivo. Outras corriam para se esconder nos banheiros e atrás das pesadíssimas esculturas da decoração.

A gota d'água foi quando um fã, um rapaz com camiseta

de Leléo e uma faixa ao redor do peito escrita "Miss Bumbum Para Sempre", pegou uma pedra e atirou contra o janelão de blindex, criando uma enorme e dramática rachadura.

— Catarina, se a gente te encontrar a gente vai acabar contigo! — o rapaz bradou, sem saber que gritava praticamente direto no tímpano da nova arqui-inimiga, camuflada ao seu lado.

Três seguranças se meteram em meio àquele Armagedom, tocando-os feito uma boiada e fazendo-os soltar quaisquer pedras, paus ou celulares Nokia que estivessem pretendendo jogar contra a casa de Leléo. E logo aqueles rostos chorosos e descabelados foram retirados da vista dos convidados e levados sei lá para onde. Mas, por engano, um daqueles seguranças puxou Catarina junto.

Ela gritava e se estapeava:

— Me larguem, eu sou convidada. Eu sou da equipe do filme!

— Ah, é? E qual seu nome, então?

Se revelasse quem era, ela poderia ser linchada até a morte pela multidão ensandecida.

— Eu não posso dizer.

O segurança cabeludo bufou e colocou os dois braços de Catarina para trás, num só movimento, e deu um empurrãozinho para que ela seguisse o fluxo, junto aos demais fãs, para longe da mansão. A garota tropeçou e catou cavaco por um, dois metros. Antes que fosse de cara no chão, no entanto, sentiu um braço puxá-la de volta.

— Deixa ela comigo — aquele homem estranho e interessante, em seu terno preto, declarou num sotaque que ela nunca tinha ouvido antes.

— Quem é? Ei, você não manda em mim, não. Pode ir

metendo marcha junto — o segurança cabeludo disse a Milos, e puxou um *taser* de dentro do bolso como quem diz: "Você pode até ser grande, mas não é dois". Catarina mal teve tempo para digerir a sequência de emoções. *Uau, aquele cara bonitão de mais cedo veio me salvar! O que é isso, um taser?*

Assim que o aparelho de eletrochoque fez *zap!* Milos deu um golpe no dispositivo, imobilizou o segurança e apontou a arma contra seu pescoço.

— Vai cuidar do pessoal ali e esquece a gente — sussurrou no ouvido do segurança pálido e soltou-o, jogando o *taser* longe, no gramado do jardim. Então pegou a mão de Catarina e saiu correndo com ela.

***

Sozinhos, apoiados contra um muro a cinco casas de distância da mansão de Leléo, os dois resfolegavam.

— Quem é você e o que foi que acabou de acontecer? — ela perguntou entre uma e outra respiração pesada.

— Você não devia se culpar por não acertar algo de *primeiro* — Milos disse a frase que tinha ensaiado para poder falar com ela.

A frase que, ainda assim, ele conseguiu errar: *A expressão é "de primeira", seu burro. Ô, idioma complicado!*

— Eu sou Milos. — Ele assentiu em um cumprimento, meio sem jeito. — Desculpa ter te puxado assim, mas acho que você corria perigo de verdade ali.

Ele usava um terno preto bem cortado, que o deixava ao mesmo tempo profissional e um pouco misterioso. E talvez fosse o cabelo raspado bem rente à cabeça, os olhos muito claros e sérios, ou o nariz levemente torto, como se tivesse sido fraturado numa briga anos atrás — o que quer que fosse, havia algo de estranhamente familiar em sua aparência. E ela já tinha reparado nisso antes, assim que a festa começou.

— Sou Catarina. Eu te conheço de algum lugar?

O homem deu de ombros.

— Ei. Eu vim pro Brasil tem pouco tempo. Mas eu tenho um rosto comum.

Não, ele certamente não tinha. E os dois sabiam disso. Mas ela ainda estava um pouco envergonhada por ter sido pega em flagrante, então murmurou:

— Você tem o rosto de alguém que jamais cometeria um erro bobo que levasse a um apocalipse no réveillon.

— Deve ser meu nariz. Mas, na verdade, eu só tento sempre lembrar que os meus erros não me definem. Principalmente se eu estiver fazendo algo novo ou arriscado, ou se eu ainda estiver aprendendo.

Catarina sorriu, o que, para Milos, foi como ganhar a rifa de fim de ano da firma. Ele não sabia se naquele momento deveria pedir o número de telefone dela ou alguma coisa assim. Aquela garota tinha um grande problema em mãos e ele não queria ser mais uma situação desconfortável, caso o interesse não fosse recíproco. Então ele disse a próxima coisa em sua lista de ideias de assuntos para conversar com uma mulher bonita:

— Eu posso te ensinar a quebrar o braço de alguém, se quiser.

Aquele foi o melhor assunto que qualquer pessoa já havia puxado, na opinião de Catarina.

— Manda ver.

Com a permissão dela e um pouco de nervosismo, ele

encostou em seu braço e fez um movimento em câmera lenta. Dobrou-o para trás e posicionou o cotovelo sobre ela de uma forma que, qualquer movimento que a garota fizesse a partir dali, partiria seu osso.

— Uau! Posso tentar fazer com você?

Ele concordou e relaxou os braços, como um convite. Catarina, então, repetiu o exato movimento, mas com muito mais rapidez e vigor. A adrenalina corria por ela como se tivesse nascido para aquilo. Então ela jogou o corpo contra ele de um jeito que, sem perceber, levou Milos ao chão, imobilizado pela garota de pé em cima dele.

— Eu vi isso num filme. Sempre quis fazer!

— M-muito bem. — O rapaz sentiu o coração bater mais rápido, também, mas por um motivo diferente.

Ela o soltou e, lentamente, eles se encararam. Catarina tentava entender o motivo de ter tido aquela sensação de familiaridade ao olhar para Milos. Por que seus olhos eram sempre atraídos às suas feições que, de tão únicas, pareciam já ter sido analisadas vezes e mais vezes por ela, em algum passado que ela não sabia bem identificar?

— Você não é segurança da festa.

— Não.

Fazia sentido, ou o outro cara não teria tentado usar um *taser* contra ele. E, em defesa de Milos, ele nunca disse que era um segurança. Ele só estava lá, de terno preto, impedindo as pessoas de subirem a escada porque era, de fato, proibido.

— E o que um gringo tá fazendo aqui, no Ano-Novo, vestido desse jeito e dando golpes elaborados em seguranças de verdade?

— Não sabia que era tão importante assim vir de branco. Não sou supersticioso.

Mas não era disso que ela estava falando.

A maior parte dos brasileiros não costuma ter o menor interesse em cinema independente do Leste Europeu. Mas aquele era o *guilty pleasure* de Catarina, seu hobby secreto, seu escapismo preferido. "Filmes de homenzinho." Coisas explodindo, caras com vozes muito graves soltando curtas frases de efeito antes de pularem de um precipício com um carro cheio de armas. Pontos a mais se o orçamento da produção for ínfimo e todo esse diálogo brilhante ocorrer num idioma que ela não entende bulhufas.

Por isso era até esquisito, o universo diria, que ela tivesse levado tanto tempo para encaixar as peças daquele quebra-cabeça.

— Eu já sei quem você é! Você é o Ivar, de *Chama mortal*. E o Jürgen de *Sangue e dor*.

Milos inclinou o rosto em completa surpresa.

— É isso, é daí que eu te conheço! Você fez aqueles filmes eslavos de máfia. É óbvio, você é um ator.

Pela primeira vez, a postura de durão se desmontou e Milos não sabia o que fazer com as próprias mãos, com o próprio rosto. Sua bochecha corou num adorável tom de carmesim.

— Você já viu meus filmes?

— O que você tá fazendo aqui no Brasil? E a sua carreira na Europa? Atores bons são uma raridade. Não sei se você tá sabendo, mas aqui, a gente tá numa crise séria por causa disso.

Milos engoliu em seco, um pouco nervoso. Um tanto tímido.

— Eu não desisti da carreira... eu só... às vezes é importante viver algo novo.

Catarina inclinou de leve o rosto e franziu o cenho de leve, como se tentasse interpretar as palavras daquele homem.

— É legal ser reconhecido e experiente, mas às vezes isso faz as pessoas te resumirem a uma coisa só. Grandão, cabelo raspado, cara de mau. Só me davam os mesmos papéis — disse, enfim —, o de vilão. Ou o capanga do vilão. No máximo, o guarda-costas assustador do mocinho. Eu sentia falta do desafio, de me sentir iniciante em alguma coisa.

Os dois se sentaram lado a lado, contra o muro. Segundo os cálculos de Catarina, devia faltar meia hora para o ano virar.

— Que tipo de papel te faria feliz?

O rosto de Milos esquentou e formigou, como se ele estivesse contando um segredo muito vergonhoso.

— Ninguém nunca me chama para fazer uma comédia romântica. Talvez eu seja feio?

Porcaria! Bela hora para querer abraçar um homem com quase o dobro de seu tamanho, aninhá-lo e dizer que tudo vai ficar bem. Não fez nada disso, é claro, mas quis.

— Não, quer dizer... hoje em dia muita gente curte um visual mais sombrio. Tipo *bad boy*.

Ela curtia. Mas também não seria assim tão explícita.

Milos arriscou se aproximar mais. Sentiu que, depois de ter sido derrubado no chão por Catarina, talvez eles tivessem essa liberdade um com o outro — pelo menos era assim que as coisas funcionavam nas aulas de *krav magá*. E quando ele pegou a mão dela para si, lentamente, ela não reclamou. Pelo contrário, ela se inclinou mais em direção a ele, e ele quase acreditou que ela não iria parar, até que...

De repente, um feixe forte de luz atingiu os dois e uma buzina os arrancou daquele transe particular, forçando-os a olhar na direção do Maserati branco parado de frente a eles. Dentro do conversível, a ex-Miss Bumbum e empresária Bea Brandão acenou.

— Ei, vocês dois aí, universo chamando. A gente tem algo para resolver antes que esse ano termine.

* * *

— Bea! — Catarina exclamou, surpresa, atônita, encantada e apavorada, dentro daquele carro de luxo. Mal podia acreditar que alguém conseguia ter aquela aparência na vida real. Era como se o vento soprasse seus cabelos em câmera lenta, um tipo de aura que só uma genética abençoada, muito dinheiro e cremes exclusivos poderia proporcionar.

— Eu sinto muito, de verdade, pela confusão que eu causei.

— Acho que isso aqui é seu — Bea disse, mostrando o celular de Catarina para ela. Então virou-se para Milos:

— E você foi saindo da festa, assim? Nós ainda precisamos do seu serviço.

— Que serviço? — A estagiária olhou de um para o outro como se estivesse vendo um jogo de pingue-pongue.

— Coloquem o cinto de segurança que eu vou explicando no caminho. Ou nós vamos perder os fogos da virada.

* * *

Durante todo aquele tempo, ninguém levou em consideração um fato fundamental: o de que Leléo sabia que era um mau ator.

Aquela seria sua primeira experiência com atuação, algo muito difícil, algo que as pessoas passavam a vida se aperfeiçoando — sempre foi óbvio para ele que precisaria de ajuda. Mas, se havia algo que ele tinha aprendido em sua longa carreira no show business, era que não podia ter medo de ser visto tentando melhorar.

E, por isso, Leléo contratou alguém com muita experiência em filmes de ação para ajudá-lo. Milos e ele vinham praticando desde o dia em que Leléo recebeu o e-mail de aprovação — treinaram golpes, luta cênica, exercícios de voz...

— *Essa é a minha primeira vez e é errando que se aprende* — Milos disse, baixo e sério, como se entoasse um mantra. — É o meu lema. Mas foi Leléo quem ensinou.

Só que, quando o carro parou de volta em frente à mansão, as evidências do quebra-quebra de mais cedo eram como um P.S. de que mesmo o cara mais bem resolvido ainda era capaz de se deixar afetar por uma crítica. Mesmo as pessoas mais corajosas, mesmo as que nós colocamos em pedestais, às vezes morrem de medo de virarem motivo de piada.

E já que estamos tocando nesse assunto, não seria justo deixar Miriam de fora dessa história.

***

Ela tinha passado o Natal com a família, o que já devia ser considerado justificativa para qualquer tipo de desequilíbrio emocional. Que tipo de pessoa voltava para o interior no feriado e saía de lá em pleno domínio de suas faculdades mentais? Ainda mais alguém que, mesmo depois de todos aqueles anos, mantinha a ilusão de que, se ficasse longe por tempo suficiente, conseguiria focar em seus próprios objetivos e, um dia, sua família a reencontraria e se orgulharia de tudo o que ela conquistou.

Às vezes, estar por trás de coisas grandiosas como filmes para *streaming*, conviver com atores de classe A e dizer coisas como "*mise-en-scène*" no dia a dia pode parecer glamouroso, visto de fora. Mas Miriam ainda se sentia tão pequena, tão longe das próprias expectativas, que seu maior medo era que as pessoas próximas percebessem o rombo em sua alma e se desapontassem ao descobrir que metade de sua confiança era fingimento. A outra metade era projeção.

No fundo, Miriam tinha certeza de que era a pior produtora de elenco que ela mesma já tinha conhecido, talvez só fosse realmente boa em fingir.

Mas, naquele ano, seu irmão pediu para que ela não arranjasse nenhum outro "evento chique de cinema" ou viagem de última hora. Que ela estivesse ali com eles, porque havia algo importante para contar. Sua esposa estava grávida de uma garotinha — Miriam seria tia pela primeira vez.

O mundo inteiro congelou para ela, mesmo no calor de dezembro.

Meu Deus, uma pessoa nova em sua vida, uma pessoa que ela não tinha escolha a não ser amar. Alguém novo para tentar impressionar, para falhar, se afastar e depois morrer de remorso. Miriam queria fazer a coisa certa. Ela estendeu a mão para tocar na barriga já imensa de sua cunhada, e alguma coisa mudou imediatamente.

— Quero deixá-la orgulhosa. Não sei se eu consigo.
— Ela vai assistir aos filmes e ver seu nome nos créditos. Ela já sente orgulho de você.

Foi quando caiu a ficha de que, sim, um dia aquele bebê teria idade para assistir a *Batuque explosivo*. E ela saberia que sua tia havia sido responsável por escalar o pior ator da história para o papel do protagonista. Que ela arruinou todo um roteiro, o trabalho da direção de arte, a fotografia, o design de som. Porque nada que fizessem mascararia o erro que ela tinha cometido — sim, ela sabia que o erro era dela. Uma estagiária é apenas uma estagiária, e aquela ideia estúpida de colocar a ficha de Leléo separada da dos outros veio dela, afinal.

Por outro lado, aquela estagiária não tinha nenhum sobrinho para impressionar. Não, ela tinha muito mais vida pela frente, e ninguém se sentiria decepcionado com ela, porque todo mundo espera que o estagiário erre.

Foi então que ela decidiu cometer um erro ainda maior. Porque o desespero leva a gente a se embolar num novelo de ideias ruins e execuções ainda mais desastrosas.

Pegou o celular de Catarina e escreveu um e-mail para o Leléo — mas, na realidade, era como se deixasse o próprio inconsciente falar com a imagem que a encarava no espelho.

"Sei que você chegou aqui fazendo o seu melhor. Sei que era seu sonho fazer isso, trabalhar nessa indústria, estar entre as pessoas talentosas e bem-sucedidas. Mas, que pena, tudo o que você conseguiu foi um erro, foi um acidente, escolheram a pior opção sem querer e estão com medo de te dizer a verdade. Acredite, é melhor desistir antes de se expor ao ridículo. Antes que as pessoas possam finalmente te ver fracassar."

E quando ela apertou o botão de "enviar", aquela mensagem atingiu Leléo de jeito, porque as pessoas não são muito diferentes, no fundo. A síndrome do impostor está sempre à espreita nos momentos em que finalmente vamos conseguir tudo o que sempre sonhamos. Basta o peteleco de outra pessoa, ainda mais insegura.

Miriam foi se esgueirando pela festa e já estava do lado de fora quando a coisa toda implodiu. Acompanhou o drama por meio das imensas janelas de vidro, viu os fãs insurgirem contra aquela farsa e então viu Catarina ser puxada por aquele suposto segurança gigante que era a cara de um ator estrangeiro bonitão.

E enquanto se afastava de vez, mandou uma mensagem para Catarina, ainda que sequer tivesse devolvido o celular dela. Nem mesmo teve essa coragem. O celular estava lá sobre o sofá, esperando que alguém o encontrasse, com uma mensagem sincera brilhando sobre a tela: "A culpa foi toda minha. Não se cobre por isso".

* * *

Quando Catarina entrou em seu Instagram, os primeiros posts eram das principais páginas de fofoca que ela seguia: "Leléo volta atrás e decide continuar no elenco de *Batuque explosivo*".

Assim que todos eles entraram na casa, deram de cara com uma cena completamente inesperada. Os fãs, que tinham sido enxotados, estavam de volta, dessa vez de modo pacífico, conversando e tirando fotos com o ídolo. Ele tinha uma certa cara de choro, mas agora parecia de alegria. A vidraça quebrada mal era notada no meio de tanta harmonia.

Alguém entregou o microfone a ele mais uma vez, para um novo pronunciamento:

— Eu tenho os meus fãs, eu tenho a mídia e os meus amigos famosos. Acima de tudo, eu tenho a Beatriz, que é capaz de sustentar nós dois com o seu império de cremes para o bumbum. Eu não consegui as coisas por pena. Talvez por um pouco de sorte e influência, mas eu trabalhei anos para consegui-las. E, acima de tudo, não é porque já sou bom em algo que eu deveria ter medo de ser iniciante em uma coisa nova e, consequentemente, ser péssimo nela.

***

E como, em datas assim, alguém sempre está de olho no relógio, um grito de: "Falta um minuto para a meia-noite!" logo colocou cada convidado naquele estado de espírito que só acontece uma vez por ano.

Daquela vez, foi Catarina que, sem o menor medo de tentar algo que poderia dar completamente errado, pegou na mão de Milos e o puxou para um canto onde tivessem um pouco mais de privacidade.

— Sabe aquilo que você falou? De ter vontade de ser o mocinho de um romance?

— Sei.

— Sabia que, normalmente, é mais sobre a atitude do que sobre a aparência? O lado bom é que é só praticar.

— Ah, é?

— Eu posso te ensinar. Sou boa nisso.

Ao fundo, a contagem regressiva dos dez últimos segundos do ano começou a ser entoada a plenos pulmões

pelos convidados, pelos penetras e pelos donos da festa.
"Dez, nove, oito..."
— Que tipo de atitude os mocinhos de romance têm em momentos assim?
— Bom, acho que eles costumam se inclinar lentamente em direção à mocinha. Tem um momento de tensão, por isso demora alguns segundos além do normal.
— Ela se colocou na ponta dos pés e começou a se aproximar um pouco mais, mas ele era realmente muito alto.
"Sete, seis, cinco..."
— E tudo acontece de um jeito sutil, delicado.
"Quatro, três, dois..."
— Delicado, sei... Talvez eu não acerte nessa, mas a gente tenta de novo até dar certo.

Então Milos ergueu Catarina pela cintura e, finalmente, eles estavam na altura ideal para que ela o laçasse com os braços e o beijasse. Olhos fechados, igual à hora de fazer nossos pedidos mais sinceros — mas tudo o que os dois pediam era que os fogos de artifício que sentiam no peito fossem um presságio para o ano que estava por vir.

* * *

Miriam pegou um ônibus vazio de volta para casa e provavelmente passaria mais uma data importante sozinha, porque não queria que ninguém a visse assim. Mas decidiu olhar as redes sociais e ali estava a manchete, logo depois, o discurso de Leléo sobre voltar atrás. E que ele sentia muito por Miriam, e esperava que ela pudesse, naquele novo ano, se permitir ser vista como um ser humano falho.

Então ela fez algo, ali mesmo, pela primeira vez: telefonou por chamada de vídeo para seu irmão. Eles estavam decidindo qual seria o nome da bebê. Miriam queria falar que gostava muito do nome Catarina, mas achava que seria egoísmo tomar para si ainda mais daquela pobre estagiária com quem ainda não sabia de que forma iria se retratar.

— Vocês... se importariam se eu passasse algumas semanas de janeiro aí? Talvez eu até consiga ficar para o nascimento, se estiverem precisando de ajuda...

— Mas vocês não começam a gravar daqui a alguns dias?

— Não sei se ainda estou no projeto, aconteceram algumas coisas. Para falar a verdade, fiz a maior bagunça e não sei direito como arrumar, mas... — ela engoliu aquela voz trêmula e olhou para cima, mandando as lágrimas de volta pelos dutos lacrimais — ... eu espero que minha sobrinha não se importe de me ver tentando.

***

Quando já amanhecia no horizonte, havia *glitter* por toda a calçada e os sapatos de Catarina estavam pendurados na mão de Milos. A garota fazia força para se manter acordada, pelo menos até conseguirem voltar para casa, apoiada no ombro do rapaz com quem passara as últimas horas dançando.

Ela ria e a sua risada vibrava contra a pele dele de um jeito que lhe causava um arrepio de alegria.

— O que você vai fazer no seu primeiro dia do ano? — ele perguntou, sentindo os primeiros raios de sol aquecê-los.

— Assistir a mais filmes obscuros com atores estrangeiros que ninguém ouviu falar.

Ela soluçou de sono e pelo efeito do álcool. Ele a colocou ao seu lado, no ônibus, e ajeitou o cabelo dela, para que ficasse atrás da orelha.

Amassado no bolso do vestido, havia um bilhete escrito à mão, que Milos não se conteve em ler: "Catarina, não sei como está sua situação com sua chefe, mas, se estiver procurando um estágio novo, nós estamos contratando na Xô, Foliculite :) Beijos, Bea".

E ela ainda recorria a sinais, a superstições, para saber que as coisas ficariam bem... Estava claro para Milos que, uma hora ou outra, aquela garota teria tudo o que sempre sonhou, mesmo com todos os erros que ainda cometeria no caminho. Era difícil olhar para ela e pensar qualquer outra coisa.

Na porta do prédio dela, ele se certificou de que seria seguro para Catarina subir sozinha.

— Eu tenho ótimos filmes terríveis de atores desconhecidos para te indicar, se você quiser companhia. Mas nós podemos falar disso quando estiver acordada.

Milos deu um beijo em sua testa e seus pés flutuaram por todo o percurso de volta para casa. Catarina teria as melhores horas de sono desde o ano passado (rá!) e acordaria às duas da tarde com uma mensagem de bom dia, de um número desconhecido com o DDI da Estônia.

Já Miriam se matricularia num curso de teatro na semana seguinte — sabia que, talvez, fosse se sentir melhor julgando a atuação das pessoas se ela mesma soubesse como fazer aquilo, e estava estranhamente animada por poder ser ruim em algo, sem precisar fingir.

Quando chegasse a hora, descobriria que o seu instrutor era um rapaz estrangeiro e muito alto. Parece que ele se encontrou nessa coisa de ensinar as pessoas a atuar e a confiar em si mesmas. Miriam aprenderia muito com ele.

Ao fim das aulas, vez ou outra, ela esbarraria na nova namorada do rapaz, que vinha buscá-lo para voltarem juntos para casa — ali era o momento de Catarina ser a professora, e ele aprender, na prática, tudo sobre ser o protagonista de um romance.

E sempre que o professor, a namorada e a aluna se viam, eles sorriam um para o outro, porque o mundo não havia acabado com os erros do ano passado. Muito pelo contrário.

E aquele era um bom começo.

ESSE VERÃO VAI TE MATAR

Mark Miller

ILUSTRAÇÃO:
Lara Késsia

@laradesenhademais

Alerta de conteúdo: ideação suicida

Posso sentir os cacos de vidro sob meu corpo, cortando meu rosto, dentro da minha boca. Abro os olhos com dificuldade e não consigo ver nada além de um borrão escuro. Cuspo o estilhaço fora. Lentamente, as dores se alastram. Estou frente a frente com o chão, pendurado apenas por um cinto de segurança. Estendo as mãos e arrasto as unhas sobre uma superfície firme texturizada. *É o teto do carro.* Uma dose de adrenalina se descarrega em minhas veias, devolvendo nitidez aos meus sentidos. *Estou de cabeça para baixo.* Me dou conta do volante à minha frente e de sirenes soando ao fundo. *Eu estava dirigindo depois da festa. Achei que seria uma boa ideia, achei que podia fazer aquela curva fechada a cem quilômetros por hora.*
    Viro o rosto para o lado.
    Achei que podia levar Santiago, mais embriagado do que eu, até sua casa.
    Meu melhor amigo está, como eu, de cabeça para baixo, preso pelo cinto. O rosto desfigurado, irreconhecível. Na poça de sangue sob sua cabeça, o pingente de amizade que ele me deu momentos atrás — cuja outra metade está em volta do meu pescoço.

— Santiago...?
Toco seu ombro.
Mas ele não responde.
Eu o matei.
— Ei, Dani?
Eu o matei.
— Daniel?
— Uh? — Pisco várias vezes até dissipar a lembrança trágica da morte de Santiago que esteve me atormentando nos últimos meses. — O que foi? — questiono Carlos, que olha para mim enquanto dirige, tentando disfarçar minha súbita dissociação.
— Você tá bem?
Engulo em seco e forço um sorriso nada convincente em resposta. Nossa pequena conversa desconfortável é interrompida quando o carro balança com violência ao passar por um buraco na estrada.
— Droga, Carlos — uma das vozes no banco de trás se eleva, irritada —, presta atenção.
Carlos revira os olhos e gira o pescoço para trás, encarando Sofia.
— Desculpa se eu não sou expert em dirigir no breu.
Matías, que está sentado no banco logo atrás do de Carlos, dá dois socos em seu encosto de cabeça.
— Diminui a velocidade antes que a gente se foda, mano.
Sua imposição, enfim, coloca os miolos de Carlos no lugar e o faz reduzir a velocidade.
— Quanto tempo ainda falta pra gente chegar? — Isa pergunta.
— Só mais dez minutos — Carlos responde.

Em meio ao curto silêncio que se segue, olho o caminho à frente, iluminado apenas pelos faróis do carro. Pelos dois lados, estamos cercados por uma floresta relativamente densa, escura e sinistra.

— Isso é meio bizarro — Sofia comenta casualmente.
— O quê? — Carlos questiona.
— A floresta no meio da noite.
— Bizarro? Bizarras são as histórias do que têm nessas florestas.
— Do que você tá falando? — Sofia pergunta.
— Não dá corda pra ele — Matías resmunga.
— A floresta tem vida própria, meus caros. — Carlos não se contém. — E ela não gosta de invasores como nós.
— Não tô invadindo nada. Invasores foram as pessoas que desmataram isso aqui e construíram a cabana da sua família, sei lá quantas décadas atrás — Isa retruca.
— De qualquer forma, se ouvirem algo ou alguém chamando seus nomes do meio da mata, finjam que não ouviram nada — Carlos murmura.

O carro passa por outro buraco, desta vez muito menor. As janelas abertas me permitem escutar alguns dos sons da floresta, e tenho a impressão de ouvir gravetos se partindo no meio da escuridão. Franzo o cenho e tento enxergar algo no breu, sem sucesso.

— Mas de que merda você tá falando? — Sofia indaga, se esforçando para esconder o medo.
— Ele só tá te atormentando... — Isa comenta. — Olha a cara dele.

Perco o interesse na floresta insípida e, junto a Sofia, analiso o rosto do meu amigo.

Ele se empenha em conter a risada até o último momento, o que quer dizer que começa a gargalhar quase imediatamente.

— O que foi? — questiona entre uma risada e outra.

— Minha cara tá normal.

— Agora, sem brincadeira — Sofia diz, pouco afetada pelas risadas de Carlos —, a cabana da sua família é segura, não é?

— É, caramba! Tem eletricidade, água quente, um banheiro, sabe? Todas essas marcas da vida civilizada.

— Bom — Isa sussurra. — Tô precisando mesmo de um banho quente. Se, quando a gente chegar, só tiver água gelada nesse lugar, eu te mato, Carlos.

— Não tem, eu prometo. Além do mais — ele a fita pelo retrovisor —, a gente tá só a trinta minutos do centro da cidade, então podemos dar um pulinho lá amanhã pra comprar qualquer coisa.

— E o lago? — É a vez de Matías perguntar.

— O lago é lindo, exatamente como descrevi pra vocês — Carlos explica sem paciência. — Agora, parem de me amolar.

E o seu pedido é atendido.

Silêncio recai no carro; um silêncio estranho, um silêncio que jamais aconteceria meses, anos atrás. É tenso e incômodo — até doloroso. A química que costumava existir em nosso grupo se pulverizou, foi enterrada junto a Santiago, naquele caixão de madeira.

~~Eu o matei.~~

Perdê-lo não foi fácil, abriu um precipício entre nós. Cada um buscou seu próprio caminho para lidar com o pesar, para superar a dor. E, honestamente, não tenho certeza se qualquer um de nós foi bem-sucedido nisso.

Sei que eu, pelo menos, preciso lidar com as crises de ansiedade diárias e com o acidente se repetindo em meus sonhos, noite após noite.

Eu nunca deveria ter insistido em dirigir naquela noite. E tenho certeza de que todos ao meu redor também me culpam.

Eu sou culpado.

Apenas neste momento percebo que os olhos de Carlos estão fixados em mim.

— ... O quê? — pergunto a ele.

— Nada. Você esteve um pouco distante a viagem inteira... — diz de maneira suave. — Escuta, o lugar é seguro, juro.

— Tá tudo bem, não tô preocupado.

— Não tá preocupado com a possibilidade de algum monstro misterioso que vive na floresta estar seguindo o carro neste exato momento, só esperando pra atacar?

— *Carlos!* — Sofia repreende.

— Babaca — Matías resmunga.

— Não tenho medo de monstros imaginários. Já lidei com os monstros da vida real e, vai por mim, são mais assustadores do que qualquer história. Além do mais, somos cinco, e esse monstro hipotético é só um. Qual é a pior coisa que pode acontecer?

★★★

Chegamos à cabana um pouco depois da previsão de Carlos. O lugar é grande, rústico e bonito. Construído em madeira, com dois andares e uma varanda espaçosa. Não é uma cabana simples. Uma pessoa poderia morar aqui sem muitos problemas — contanto que tenha um carro para chegar à cidade mais próxima.

Descemos do veículo e retiramos tudo o que trouxemos no porta-malas. Nada além de quilos de carne para churrasco e litros e mais litros de vodca.

Carlos é o primeiro a entrar na cabana, apresentando o local. Quando termina, sobe as escadas em direção ao segundo andar. Isa e Matías vão para a cozinha, garantir que a carne esteja refrigerada para o dia seguinte. Sofia dá uma olhada nas janelas, talvez ainda buscando por um traço das *coisas* que ocupam a floresta.

Fico parado na porta, observando o exterior da cabana. Alguns metros à direita, posso ver uma escuridão mais densa, porém sem árvores. *O lago*. Os sons da floresta são mais claros. Pássaros, roedores e outros animais não identificáveis estão por todos os lados.

Estou cansado. Decido entrar e me deitar num dos sofás confortáveis da sala.

Viro-me em direção à porta e toco a maçaneta. Um calafrio atravessa minha espinha. Tenho a impressão de estar deixando algo passar despercebido, um detalhe tão camuflado na paisagem que os olhos não conseguem identificar de imediato.

Lentamente, me volto ao cenário à frente da cabana outra vez. O carro está parado na trilha entre as duas porções de floresta, o lago está distante, à direita. *Não há nada*, nenhuma movimentação estranha sequer. Apenas sons.

Até um graveto se quebrar no limite entre a floresta e a trilha. O som que produziu foi alto demais para ter sido causado por um animal pequeno.

Semicerro o olhar. E, então, a vejo, pelo mais breve dos segundos. Uma sombra entre as duas árvores mais próximas — que achei ser uma terceira árvore este tempo todo — se desloca para a direita, desaparecendo.

Arregalo os olhos e dou um passo para trás, no mesmo instante em que a porta da cabana é aberta outra vez. Me sobressalto e chego próximo de gritar.

— O que você tá fazendo aqui fora? — Carlos pergunta.

Desvio o olhar para o espaço entre as árvores, que não estava ali antes da sombra se mover. Reteso a mandíbula e preciso me apoiar na parede da cabana, esperando meu coração desacelerar, para conseguir expressar alguma coisa compreensível.

— Acho que vi... acho que vi algo ali... — E aponto para o local.

Carlos franze o cenho e encara a floresta.

— É? Vai ver foi aquele monstro... — caçoa. Sigo tenso e confuso. Ele percebe que não estou brincando quando mantenho o olhar fixo no espaço entre as árvores. Então, envolve meus ombros e me puxa para dentro da cabana.

— Vem, deve ter sido um animal.

Que tipo de animal se comporta dessa forma?

— É... — concordo, e permito que me conduza em direção à segurança da cabana.

Minha mente está me pregando peças.

Toco no pingente de amizade que Santiago me deu — a pequena peça de um quebra-cabeça que, hoje em dia, não tem mais seu encaixe —, preso em uma corrente dourada fina ao redor do pescoço. Me acalmo.

* * *

— Eu nunca... Humm...

Matías gira o líquido transparente em seu pequeno copo de vidro, enquanto pensa.

— Anda logo.

— Eu nunca fiz sexo em público — declara o futuro médico.

A forma inescrupulosa com que diz isso me tira uma risada silenciosa. Miro o rosto das outras pessoas no círculo no meio da sala. Todos estão reflexivos, ponderando se já cometeram ou não o ato apontado por Matías.

Isa revira os olhos, atira-se no pufe amarelo e é a primeira a mandar o álcool pra dentro na terceira rodada do jogo.

— Eu nunca transei com alguém que eu não queria transar — Matías declara.

— Como assim? — Sofia pergunta, sentada no braço direito do sofá de dois lugares que Matías ocupa inteiro.

— Tipo — ele faz uma careta enquanto tenta elaborar —, com alguém que eu não tinha mais tesão, saca? — E arqueia as sobrancelhas. — Uou, muitos arrependimentos aqui. E podem me incluir nisso.

Preciso de alguns segundos até conseguir empurrar a vodca forte para dentro. *Jesus. Mais dois ou três goles e estarei bêbado.*

Estendo o copo a Carlos, e ele faz o favor de me servir a próxima dose. Encaro o líquido transparente, desejando, por favor, que eu escape pela tangente nos próximos rounds.

— E, falando nisso, acho que devíamos beber uma em homenagem a *ele* — Sofia sugere.

Sentado no chão sobre uma almofada, ergo o olhar até ela, acanhado. Sinto meu estômago gelar somente com a menção a Santiago. E tudo só piora quando meus amigos erguem seus copos num brinde.

— Para Santiago — Carlos enuncia.

— *Para Santiago* — repetimos. Os copos se encontram, mais vodca banha nossas entranhas.

Um silêncio tenso ergue-se na sala, o mesmo que esteve presente no carro, aquele que me faz desejar estar morto.

— Sem ele, parece que há algo faltando — Isa balbucia, o olhar distante, talvez preso numa memória específica do antigo sexto membro de nosso grupo. — Uma parte do que éramos, que nunca vamos recuperar.

— Vou pegar um copo d'água, pra não ficar bêbado muito rápido — digo sem graça e me levanto do chão.

Viro-me em direção à cozinha e saio da sala tão rápido quanto posso.

Me apoio no balcão metálico da pia e respiro, longa e profundamente. Toco o pingente dourado outra vez, e o aperto até as pontas afiadas do metal começarem a machucar minha palma.

Apanho um copo no escorredor sobre a pia e o coloco sob a torneira. Abro-a. O jato de água desce lentamente.

Acima da pia há uma janela com vista para a parte frontal da cabana, onde o carro está estacionado — *e onde vi aquela sombra horas atrás.*

Enrijeço quando relembro o que vi — *ou acho que vi* —, mas logo fico tranquilo outra vez. Estou dentro da cabana, rodeado de amigos, em segurança.

Fixo o olhar naquele espaço entre as duas árvores novamente, ao mesmo tempo em que fecho a torneira. Um calafrio atravessa minha nuca.

Não há mais espaço entre as árvores.

A sombra está lá outra vez, no limite da floresta, entre os dois troncos.

Trinco a mandíbula e me aproximo mais do vidro da janela. *Mas que porra é essa?*

É um animal?

— Bu.

— Ai, filho da puta. — Dou um pulo para trás e direciono um olhar furioso a Carlos, atrás de mim.

— Quer me matar de susto?

— Finalmente te tirei uma reação emocionada. — Ele abre um sorriso largo, orgulhoso. — O que cê tá fazendo? Por que tá demorando tanto?

— Eu precisava de um pouco de ar também.

O sorriso de Carlos se desfaz, ele finalmente parece se dar conta da minha angústia.

— Olha, se essa viagem foi uma má ideia, eu peço desculpas...

— Não precisa se desculpar. Eu quis vir. Quero estar com vocês. Mas ainda é muito difícil pra mim... pensar nele, pensar no que aconteceu. — Tomo o restante da água do copo.

— Eu sei, é difícil pra todos. Por isso quis que todo mundo se reunisse de novo, e por isso queria que fosse aqui, longe de internet, longe de sinal de celular, de notificações, do mundo exterior. Queria um lugar que fosse só nosso de novo, pra que pudéssemos honrá-lo, pra que a gente pudesse... curar essas feridas que ainda estão abertas. — A honestidade de Carlos é palpável. Consigo ver claramente que está tentando ao máximo remediar os problemas de nosso grupo.

Honestamente, não sei de onde tirar força para fazer tudo isso.

— Se ao menos fosse tão fácil...

— Não é — ele reitera —, mas a gente precisa se esforçar, Daniel. Todo mundo tá sentindo sua falta. Assim como você quer ficar com a gente, queremos que esteja conosco. — E, mais uma vez, sinto o peso no peito. O peso de talvez ainda não estar preparado para isso, de não poder oferecer aos meus amigos tudo o que precisam. — *Eu senti sua falta. Muita.*

E, preso em seus olhos, o peso fica sutilmente menor. *Mas estar bêbado certamente me dará uma forcinha.*

— Vai até a sala e me traz uma garrafa de vodca escondido.

***

O que a floresta tem de sinistra à noite, tem de bela durante o dia.

Mesmo com a maior ressaca que já senti na vida, me permiti ser puxado por Carlos até o lago que fica a alguns metros da cabana. E, sinceramente, não me lembro de jamais ter visitado um lugar tão sereno e aconchegante.

O sol do ápice da manhã de verão é assolador, quase cruel. Me deito na espreguiçadeira, sob a sombra refrescante do enorme guarda-sol. Visto apenas uma bermuda de banho, minha vista protegida por óculos escuros.

De olhos fechados, os únicos sons que me perturbam são os dos pássaros nas árvores — além dos mergulhos ocasionais de Carlos no lago.

Estou ficando com fome. *Espero que Matías, Sofia e Isa se apressem nos preparativos para o churrasco na cabana.*
— Ei, gays.
Quando seus nomes cruzam minha mente, ouço a voz de Isa atrás de mim.
Abro os olhos. Carlos já está saindo do lago.
Sento-me na espreguiçadeira e me viro para encarar meus outros três amigos.
— O quê? — pergunto.
Os três estão com roupas igualmente leves. Matías está sem camisa; Sofia e Isa mantêm os cabelos presos em rabos de cavalo.
— A gente vai dar um pulo na cidade pra comprar mais vodca, para as caipirinhas — Isa comenta despretensiosamente.
Carlos nos alcança.
— E você esqueceu do pão de alho pro churrasco, Sherlock — Sofia resmunga.
— Esqueci? Merda!
— Pois é. — Ela cruza os braços. — O que você espera que eu coma?
Carlos esfrega o rosto, mas não aparenta estar muito incomodado com o próprio esquecimento, o que parece irritar Sofia ainda mais.
Ela é a primeira a virar de costas e caminhar em direção ao carro. Matías a segue.
Isa balança as chaves de Carlos na sua frente para indicar que levarão o veículo.
— Tomem cuidado com a porra do meu carro.
Isa apenas arqueia as sobrancelhas e se vira, seguindo o mesmo caminho dos outros.

— Eu tenho habilitação há mais tempo que você — ela provoca sobre o ombro.

— E não demorem! — Carlos grita.

— Ok, papai. — E Isa não lhe dá mais atenção.

— Como foi que eu esqueci o pão de alho? — ele me pergunta em tom sério, genuinamente esperando que eu lhe dê uma explicação plausível.

— Vai ver você tava concentrado demais na carne. — E deito na espreguiçadeira novamente.

— É a parte mais importante do churrasco — afirma, quase cômico. — Não dá pra se fazer um bom churrasco sem carne, mas com certeza dá pra fazer sem pão.

Não consigo controlar a risada.

— Que bom que Sofia não ouviu isso.

Alguns segundos depois, o carro parte pela trilha, no caminho contrário ao que nos trouxe aqui. Carlos observa tudo, emburrado.

— Me passa a toalha — pede. Apanho a toalha largada ao meu lado, e a atiro em seu peito. Carlos enxuga o rosto, os cabelos e os ombros. — Não vai entrar na água?

Cruzo as pernas sobre a espreguiçadeira. Toco o pingente que uso no pescoço, não desejando correr o risco de perdê-lo ao entrar no lago, mas também sem interesse algum de retirá-lo.

— Quando o sol não estiver mais tão forte, talvez.

Carlos olha para a água cristalina do lago e parece perceber que a luz do sol está realmente forte. Ele caminha até a bolsa, apanha o frasco de protetor solar e, então, empurra minhas pernas para o lado, sentando-se na ponta da espreguiçadeira.

— Ei, babaca — reclamo.

— Passa nas minhas costas. — Virado em direção ao lago, ele me estende o protetor solar. Bufo, mas apanho o frasco de suas mãos. Despejo um pouco do líquido na palma da mão e o esfrego em suas costas, garantindo que cada mísero centímetro de pele esteja protegido. Os músculos de Carlos relaxam sob meu toque. — Você tá gostando?

— Do quê?

— Do fim de semana, de tudo? — Vira o pescoço para trás, me encarando de relance.

— Sim. — Arrasto as mãos ao longo de seus flancos, subindo até pouco abaixo das axilas. Inspiro fundo, a mente vagando para longe. — Eu não me sinto tão bem assim desde que... — E a lembrança de uma época anterior à tragédia de Santiago faz a tranquilidade que cultivei esta manhã ser pulverizada em questão de segundos.

Carlos percebe meu tensionamento e se vira na espreguiçadeira, fitando-me de lado. Está tão próximo que consigo sentir a umidade de seus fios, o calor morno de sua pele irradiada pelo sol; o brilho malicioso de suas íris, tão familiar, torna-se mil vezes mais intenso, me engalfinhando.

— A gente pode fazer você se sentir melhor ainda.

— O que quer dizer? — questiono, retórico, sabendo exatamente o que ele quer dizer.

Carlos abaixa o olhar até meus lábios um milésimo de segundo antes de esmagá-los sob os seus, tão rápido e feroz que me deixa sobressaltado. No meio do beijo, ele se vira totalmente, ficando de frente para mim. Inclina-se sobre meu corpo, deitando-nos na espreguiçadeira. Minha mente está ocupada demais em acompanhar o ritmo de sua língua no interior da minha boca para reagir de imediato, então deixo que conduza o beijo.

Logo os questionamentos começam a se empilhar em minha mente, no entanto.

É certo fazer isso depois da morte de Santiago? Por que ele decidiu ceder às minhas investidas somente agora, meses depois de não trocarmos uma palavra?

— Espera, espera. — No final, o pensamento que me faz afastá-lo é: — E se alguém vir a gente?

— Estamos sozinhos — sussurra, divertido, e volta a me beijar. — Assim que eles voltarem, vamos ouvir o carro.

Quero afastá-lo e fazer mais perguntas, mas seu peso, sua ardência, sua impetuosidade sobre mim me deixam entorpecido. Quando percebo, minhas mãos já estão deslizando por suas costas — com mais facilidade graças ao protetor solar.

Com uma mão, seguro sua nuca e aprofundo o beijo; com a outra, agarro sua bunda.

Posso sentir o suor começando a se acumular em meu peito. Carlos se posiciona entre minhas pernas e segura a barra da minha bermuda, ameaçando puxá-la para baixo.

— Espera.

— O quê? — pergunta, afoito.

— Você tem camisinha aí em algum lugar?

O garoto de fios amarelos entreabre os lábios para responder, mas as palavras morrem em sua garganta.

Um grito ecoa pela floresta.

É o grito de uma garota, esganiçado, desesperado. Um grito de vida ou morte.

Meu coração dispara.

— O que foi isso?

Carlos fica parado em cima de mim, o olhar voltado à vegetação, na direção em que o grito parece ter se originado.

— Pareceu... — ele balbucia. — Isa...

E contraio os lábios.

Sim, foi Isa.

Levantamos da espreguiçadeira e corremos juntos em direção à trilha.

— Isa! Isa! — gritamos, sem resposta.

***

Paramos de correr quando nos deparamos com o carro de Carlos estacionado na trilha, o motor ainda ligado, três de suas portas abertas — as dianteiras, do lado do motorista e do passageiro, assim como a porta traseira direita. Os pneus estão estourados, retalhados.

Mas que porra?

A visão é macabra por si só, mas combinada ao grito desesperado de momentos atrás, parece saída direto de um pesadelo.

Carlos está na minha frente, e vejo seus ombros enrijecerem. *Ele também sabe que algo estranho está acontecendo.*

Não há movimentação vinda de qualquer direção da floresta ao redor, então nos aproximamos lentamente do veículo.

— O que você acha que...

— Shhh... — ele me cala com certo desespero.

Engulo em seco e assinto.

Continuamos caminhando. De perto, percebo que o carro não está completamente vazio. Há alguém no banco dianteiro do passageiro, imóvel. *Pode ser um de nossos amigos.*

Apresso o passo.

Alcanço a figura parada no banco.

— Oh, meu Deus.

Imediatamente caio no chão, me arrastando para trás, para longe. Uso as duas mãos para encobrir minha boca, meus olhos arregalados diante da imagem grotesca, mas que não consigo parar de encarar.

Carlos também alcança a pessoa no banco dianteiro, e fica paralisado. Seus lábios abrem, trêmulos, mas nenhum som escapa deles. Em sua expressão, há um misto de terror e descrença. Ele cai de joelhos.

— Ah, meu Deus — continuo murmurando. — Ah meu...

Meu estômago está totalmente revirado. Curvo-me em direção ao chão e vomito entre minhas pernas, nauseado, o sol pungente cozinhando minha cabeça, o mundo girando ao redor.

Minhas entranhas doem. Começo a chorar.

Quando regurgito tudo o que estava no meu estômago e consigo me recompor, desvio o olhar para o lado, para qualquer coisa que não seja...

— Ele tá morto — Carlos balbucia, tão baixo que quase não consigo ouvi-lo. — Alguém matou ele.

Meus joelhos estão fracos, mas consigo me levantar do chão com dificuldade. Cambaleio até Carlos e puxo seu braço, tentando afastá-lo da cena.

— Precisamos dar o fora daqui.

Consigo puxar Carlos por alguns metros, mas ele logo recolhe seu braço.

— Não, não, não. — E, ainda claramente desnorteado, aponta para a trilha atrás de mim. — Volta pra cabana.

— O quê?

— Volta pra cabana e usa o telefone fixo pra ligar pra polícia.

Carlos retorna ao carro, dessa vez investigando além do cadáver no banco. Ele dá uma boa analisada nos pneus cortados, segura um retalho da borracha entre os dedos, e então ergue-o para mim, exibindo uma mancha de sangue fresco.

Encubro a boca novamente, me forçando ao máximo para não chorar. Pânico começa a me dominar, a me impedir de raciocinar.

— Você vai voltar comigo, não vai? — indago.

Carlos soca o teto do veículo, olhando ao redor. A floresta parece vazia e tranquila.

— Tenho que encontrar as garotas. Quem fez isso pode ter levado elas pra algum lugar.

— E o que você acha que pode fazer? Entrar numa briga de soco? Não, Carlos, isso é idiota.

— Não podemos deixar que façam com elas o mesmo que fizeram com Matías — ele grita, e sua voz quebra ao enunciar o nome. Seus olhos marejam e abaixam em direção ao cadáver de nosso amigo novamente. Carlos morde seu lábio inferior com força e respira fundo. — Me escuta, volte pra cabana agora, e avise a polícia o quanto antes.

— Não vou voltar sem você.

— Para de discutir comigo — Carlos se exalta —, faça o que pedi. — E corre em direção ao carro outra vez. Ele fecha as portas, dando, ao menos, alguma tranquilidade ao cadáver de Matías. Quando percebe que não movi um músculo, incita: — Vai, eu vou ficar bem.

Antes que eu possa argumentar, ele está correndo em direção à floresta, me deixando sozinho.

Vulnerável, me abraço. Encaro a traseira do carro, o corpo de Matías visível pelo vidro traseiro.

Sigo as instruções de Carlos e corro de volta à cabana. Em minha mente está cravada a imagem de Matías degolado, seu sangue espirrado pelo para-brisa, pelo painel, pelo cinto de segurança; seus olhos bem abertos, assim como a boca, como se estivesse no meio de um grito de socorro quando a lâmina atravessou sua garganta.

Quem faria uma coisa dessas?

* * *

Retorno à cabana e me tranco em seu interior, garantindo que todas as portas e janelas estejam seguras.

Em seguida, parto pro telefone fixo, preso na parede que interliga a sala à cozinha. Retiro-o do gancho e disco o número da polícia.

A linha toca, toca e toca.

— Por favor, por favor, por favor, atenda.

— *Olá, qual é a sua emergência?* — uma mulher responde do outro lado.

— Alô, meu nome é Daniel e... — Antes que eu consiga sequer começar a explicar a situação, a linha fica muda. — Senhora? — Nenhuma resposta. — Alô? — Afasto o telefone do rosto e o encaro, sem compreender o que aconteceu.

Disco o número da polícia outra vez, mas nada acontece. Devolvo o telefone ao gancho. *A linha caiu, ou alguém a cortou.*

Analiso os arredores da cabana vazia. *E se quem fez aquilo a Matías estiver perto?* Preciso de algo para me defender.

Corro para a cozinha, em direção ao faqueiro sobre a pia. Pego uma faca e me apoio em uma das paredes, num ângulo estratégico que me deixa escondido das janelas da sala e da cozinha.

Respiro fundo.

Você está seguro, Dani. Talvez a polícia tenha desconfiado da ligação que caiu e esteja enviando uma viatura para cá de qualquer jeito. *Talvez.*

— Socorro!

Agarro o cabo da faca e enrijeço. É a voz de Sofia.

— Socorro! — ela grita novamente, e bate na porta dos fundos da cabana.

Estico a cabeça até a sala e a vejo através da porta de vidro. Está suja, ensanguentada, suada e em completo estado de desespero.

— Sofia? — chamo, atraindo sua atenção.

— Daniel! Por favor, me ajude.

Assinto sutilmente e corro até a porta. Destranco-a. Sofia praticamente cai em meus braços, aos prantos.

— Tá tudo bem. — Tento acalmá-la. Tranco a porta novamente e a puxo para longe do campo de visão de alguém que esteja passando pelo lado de fora. Deixo a faquinha de lado e seguro seu rosto com as duas mãos. — O que aconteceu? — Ela continua chorando copiosamente, incapaz de enunciar uma palavra sequer. — Sofia, o que aconteceu no carro? — insisto, um tanto insensível, mas também desesperado.

— Nós fomos atacados...

— Por quem? — indago. Sofia fica calada, olhando ao redor, como se tentasse evitar a pergunta. — Quem? — repito, mais incisivo.

Sofia parece aterrorizada ao confessar:
— Isa...
— Isa? — replico, incrédulo. — Isa fez aquilo com Matías? Por quê?
— Eu não sei, eu não sei. — Sofia se afasta de mim e, com a ajuda da parede às suas costas, se ergue do chão. Acompanho-a. — Ela cortou a garganta dele, Dani.

A explicação é absurda, completamente absurda. Sequer consigo imaginar a cena em minha cabeça. Isa nunca seria capaz de fazer algo nem mesmo parecido com aquilo. Estou tão confuso que o mundo volta a girar, meu coração palpita.

Analiso Sofia, seu estado deplorável, seu olhar assustado.

— E você lutou com ela? — pergunto. — Como conseguiu escapar?

Ela esfrega a testa e fecha os olhos, relembrando os detalhes:

— Eu tava no banco de trás, então consegui sair do carro ainda em movimento e me escondi na floresta. Corri por um caminho alternativo, longe da trilha, até aqui. — Sofia não me olha nos olhos enquanto esclarece. Caminha pela sala até a porta da frente, se certificando de que está trancada. Aproxima-se de uma das janelas e observa o exterior da cabana. — Ela ainda tá lá fora, Dani, a gente tem que sair daqui o mais rápido possível. — E volta a caminhar em minha direção.

— Ela não te seguiu ou nada assim?

— Não sei o que ela fez — Sofia responde, mais exasperada. — Só me escondi e depois corri, tá bom? Mas ela deve tá voltando pra cá.

— Escuta, você precisa se acalmar. A cabana é o lugar mais seguro pra gente agora. Além do mais, Carlos tá lá fora procurando vocês duas.

— Não... — Sofia arregala os olhos, algo sinistro passando por seu rosto. — Ele provavelmente já tá morto, Dani. E o mesmo vai acontecer com a gente caso...

— Ele não tá morto, Sofia, que merda você tá falando?

— Não viu o que ela fez com Matías? Vai fazer o mesmo com cada um de nós.

— Isso ainda não faz sentido nenhum. Por que caralhos Isa iria querer...

— *Eu não sei*, Daniel. Mas sei de uma coisa: não vou morrer aqui.

Estreito os olhos em sua direção. Apanho minha faquinha do chão. Sofia se aproxima da porta dos fundos.

— Não vou sair daqui sem Carlos.

— Você é idiota? — explode. — Não ouviu nada do que acabei de te dizer?

Duas batidas são dadas na porta da frente, seguidas de um grito:

— Dani!

Arregalo os olhos em direção à Sofia, sem conseguir esconder uma expressão frustrada. Ela expira, desacreditada.

Corro até a porta e a abro sem pensar duas vezes.

Carlos entra na cabana, com um corpo nos braços.

— Ah! Ah! Ah! — Sofia se atira na porta dos fundos, exaltada como se estivesse vendo uma assombração. — Não! Não, tirem ela daqui, tirem ela daqui *agora*! — Seus gritos são estridentes, e ela aponta para a jovem desacordada nos braços de Carlos. — Não deixem ela entrar, não deixem...

Tranco a porta e então corro de volta à garota alucinada.

— Sofia, se acalma, droga!

— *Não!* — Ela me dá um tapa forte que me pega totalmente de surpresa. — Não mande eu me acalmar.

— O que aconteceu? — Carlos se intromete, do outro lado do cômodo, depois de repousar Isa no pequeno sofá de dois lugares.

— Sofia disse que Isa matou Matías.

Carlos parece tão confuso com a afirmação quanto eu. Ele mira o corpo desacordado de Isa, sujo como o de Sofia, ensanguentado como o de Sofia.

— Eu encontrei ela assim na floresta — ele murmura, tentando compreender o que Sofia está nos contando.

— Ela está fingindo! — a garota exclama. — Não acreditem nela.

A dor do tapa começa a se alastrar em meu rosto, e acabo dando alguns passos para trás, afastando-me de Sofia. Carlos, por outro lado, caminha até ela, na busca por entender melhor o que está acontecendo.

— Sofia, se acalma, porra! Me conta, o que aconteceu com Isa e Matías naquele carro?

Respiro fundo e fico ao lado do sofá onde Isa repousa, prestando atenção na conversa de Sofia e Carlos.

Quando Sofia está prestes a repetir a história do que aconteceu no veículo, uma quarta voz se eleva ao meu lado:

— Dani? Dani, o que está acontecendo? Minha cabeça tá dando voltas...

Isa se senta no sofá, apoiando a testa com uma das mãos, soando fraca e desnorteada.

— Não, fique longe dela — Sofia grita ainda mais alto quando percebe que Isa acordou. Tenta se desvencilhar do toque de Carlos e correr em direção ao sofá, mas ele a segura, impedindo que mais uma catástrofe ocorra.

— O quê? — Isa murmura, mas quando seu olhar encontra o de Sofia, fica apavorada.

— Matem ela, matem ela *agora*! — Sofia insiste, se debatendo e esperneando nos braços de Carlos. Consigo ver no rosto dele o esforço que está fazendo para contê-la, a garota parece completamente descontrolada.

— Se afasta dela, Carlos! — é a vez de Isa gritar. — Sofia matou Matías bem na minha frente.

Contraio todos os músculos faciais numa careta de descrença. Carlos faz o mesmo, mirando o topo da cabeça de Sofia.

Ela fica abismada e se descontrola ainda mais:

— Não, ela tá mentindo, *ela tá mentindo*!

Honestamente, não sei o que fazer. Acabo dando alguns passos para longe de Isa, em direção à cozinha, por pura incerteza de em quem confiar, no que acreditar. Fico no meio do caminho entre Isa e Sofia, no meio do caminho entre as portas de entrada e dos fundos da cabana.

— Ela disse que a culpa é sua! — Isa afirma em minha direção.

É como uma faca direto em meu peito.

— O quê?

— Ela disse que você devia ter morrido no lugar de Santiago. — Inspira fundo, ganhando fôlego. — Disse que tava fazendo tudo isso pra conseguir ficar sozinha com você e te matar.

É como se meu mundo inteiro ruísse. Encaro Sofia, sentindo-me tão nauseado quanto me senti diante do cadáver de Matías.

— Não acredita numa palavra que tá saindo da boca dela — Sofia tenta argumentar.

O mundo gira, a vertigem se acentua. Desvio o olhar para o chão de madeira, tentando digerir as informações.

— Sofia, para de se debater — Carlos pede, exausto.

— Me larga, eu vou embora. — Ela tenta escapar em direção à porta dos fundos.

— Não, não vai.

E Carlos a solta, por um milésimo de segundo, apenas para segurar sua cabeça por trás com as duas mãos e girar seu pescoço para o lado com a violência e precisão de um assassino.

Crack.

Sofia cai morta no chão.

* * *

— Não acredito que ela realmente correu de volta pra cá. Que estúpida.

— Você é a estúpida por ter deixado ela escapar, pra começo de conversa.

— É fácil pra você falar: estava aqui, fodendo seu brinquedinho, e não tentando matar duas pessoas de uma vez.

— Você me interrompeu antes que eu pudesse começar a foda.

— Tanto faz. Vou ter que te dar uma coronhada.

— O quê?

— Pra gente usar como defesa. Já viu seu tamanho? Mesmo bêbado, Dani ainda teria problemas te imobilizando.

— Vai à merda.

— As coisas não teriam saído do controle se você tivesse comprado a porra do pão de alho. Só Deus sabe o que aconteceria se eles tivessem chegado à cidade.

— Provavelmente nada, voltariam direto pra cá.

— Ou ligariam pra alguém, postariam alguma coisa no Twitter, uma selfie no Instagram, e então nosso álibi do sequestro teria ido pelos ares.

— Mas nada disso aconteceu, se acalma, caralho.

— Devíamos ter matado todo mundo enquanto tavam bêbados.

— Bêbados? E qual é a graça disso? É mais divertido matar um animal em cativeiro, dopado ou caçar um livre na floresta?

— Agora você falou igualzinho a um psicopata.

Cambaleio para trás e acabo batendo as costas na parede que separa a cozinha da sala. Eles voltam a atenção para mim, frios, indiferentes, como se eu fosse absolutamente insignificante.

Apesar do coração galopante no peito, me sinto tonto.

— Como... — murmuro. — Como puderam...?

— O quê? — Carlos abre um sorriso largo, assustador.

— Tá surpreso?

Isa, sem demonstrar qualquer sinal de fraqueza, dá alguns passos lentos em minha direção.

— Achou mesmo que ia sair ileso do que fez ao Santiago?

Carlos também começa a se aproximar com passos lentos.

— Achou que podia matar *meu* melhor amigo e não pagar pelo que fez? — ele rosna. — Se realmente acreditou nisso, você é mais estúpido do que pensei.

— No mínimo devia estar atrás das grades — Isa completa. — Santiago merecia viver. Você, não.

Por um segundo, não ouço mais nada; é como se tivesse entrado numa espécie de limbo. *Um pesadelo.*
Mas quando abro os olhos, Carlos e Isa ainda estão aqui, na minha frente.
— Isso não é um sonho, Danizinho. Vou fazer um corte no seu estômago e puxar suas tripas pra fora. — Carlos provoca, suave, intimidador.
— Vocês dois são assassinos, miseráveis.
— Podemos até ser — Isa murmura —, mas tudo o que aconteceu aqui é culpa sua. — A garota retira da parte de trás de sua calça uma faca grande e afiada. A lâmina está totalmente vermelha. — Cada gotinha de sangue derramada.
Meu estômago se revira. *É o sangue de Matías.*
Eles voltam a se aproximar devagar, me encurralando mais a cada passo.
Não há como tentar argumentar com essas pessoas. *Preciso fugir.*
Desvio o olhar para a cozinha, em busca de qualquer coisa que possa me ajudar. A janela está fechada, mas posso me atirar por ela e quebrar o vidro com o peso do meu corpo. Então, correrei para a floresta e...
— Não tem problema, vamos jogar toda a culpa em cima de você.
A afirmação de Carlos quebra meu raciocínio.
— O quê?
— É o desgraçado que, depois de meses do assassinato de Santiago, finalmente viu a oportunidade perfeita pra terminar o que começou — explica com certa euforia.
— Nos trouxe até aqui — Isa complementa —, nos embebedou e então manteve todo mundo em cativeiro. — Desliza um dos dedos pela ponta da faca. — Uma pena que não conseguiu cumprir o seu objetivo.

Quando me dou conta do nível de sordidez do plano deles, parte do medo dentro de mim se transforma em fúria.

— Não apenas você vai pagar com a vida pelo que fez a Santiago — Carlos completa —, como ganhará pra sempre a reputação de assassino.

Penso em minha mãe, em meu pai, na minha família, em todas as pessoas inocentes que teriam suas vidas destruídas por causa dessa mentira.

Pensei várias vezes ao longo dos últimos meses que sumir, *morrer*, seria a melhor saída para todos, mas então percebi que era simplesmente a saída mais egoísta, aquela que me livraria do sofrimento, mas condenaria todos ao meu redor, de uma maneira ou de outra. Então, perseverei, me mantive resiliente, escutei tudo o que tinha que escutar, sofri tudo o que precisava sofrer; engoli a dor em público; juntei os pedaços no escuro, para que aqueles que me amam e que ficaram ao meu lado pudessem seguir em frente, acreditando que eu estava bem.

E não passei por tudo isso apenas para que dois filhos da puta os façam passar por algo ainda pior.

— Vocês são sádicos.

— Se a justiça desse país é falha, então vamos criar nossa própria — Isa declara, antes de partir para cima de mim.

***

Corro para a cozinha e eles me perseguem. A mesa retangular no centro do local bifurca o caminho até a outra extremidade do cômodo. A cozinha não é muito grande, de qualquer forma, mas isso me garante alguns preciosos segundos. Alcanço um dos armários e o uso como cobertura para as minhas costas. Então, Isa e Carlos só podem me atacar pela frente.

Na entrada, eles se separam. Isa toma o caminho pela mesa que me encurrala à esquerda, e Carlos se aproxima à minha direita. Seus rostos estão deformados com expressões maléficas, isto é apenas um jogo de caça e caçador para eles. *E eu sou a caça.*

A janela sobre a pia está à minha direita, mas Carlos já está a meio caminho dela. Não tenho mais tempo de correr até ela e me atirar. Posso pular na mesa e tentar cambalear sobre o tampo solto até a porta da cozinha, mas antes que o pensamento sequer se concretize em minha mente, Carlos já está investindo.

De maneira abrupta e selvagem, ele me dá uma cotovelada no rosto. Sou impulsionado para o lado, sinto a cartilagem do nariz se deslocando. Ele me agarra por trás antes que eu me recupere, passando um dos braços sobre minha garganta e apertando. O fluxo de ar aos meus pulmões é cortado enquanto ouço suas risadas histéricas atrás de mim.

Minha visão começa a escurecer.

À frente, Isa se aproxima veloz, a faca empunhada e direcionada às minhas entranhas.

— Eu vou te retalhar, pobre Dani — caçoa, e começa a correr.

Me impulsiono para cima e para trás com os pés bem quando ela está quase em cima de mim. Com o apoio de Carlos, consigo me curvar e acertar um chute no peito de Isa, arremessando-a para trás. Ela bate a cabeça na quina da mesa antes de cair no chão. Se não está morta, então o impacto, ao menos, lhe provocou algum dano importante.

Cravo minha faca nos flancos de Carlos umas cinco vezes, até causar dor suficiente para que me solte.

— Ah, filho da puta! Finalmente consigo me desvencilhar de seus braços.

— Você vai pagar tão caro por isso, seu desgraçado.

— Carlos vocifera, mas quando seu olhar encontra o meu novamente, é tarde demais.

Enfio a pequena lâmina em sua garganta e a largo. Ele arregala os olhos.

Hiperventilando enquanto tento recuperar o fôlego, observo o cabo da faca em seu pescoço. A coisa é pequena demais para matá-lo, mas o debilitará por algum tempo.

É a minha chance de fugir.

Corro pelo caminho à esquerda em direção à saída da cozinha. Praticamente pulo pelo corpo inerte de Isa, mas logo algo agarra meu tornozelo. Caio em cheio no chão, batendo a cabeça. Nem tenho tempo de processar a dor. Olho para trás.

— Pra onde acha que está indo? — Isa vocifera e puxa meu tornozelo. *Parece um demônio.*

Antes que eu consiga me desvencilhar de seu toque, ela me acerta na panturrilha com a faca grande, enterrando a lâmina tão fundo quanto é capaz.

— Ah! — O grito irrompe da minha garganta, alto e demorado.

— Mata ele agora — ela grita, exaltada, a Carlos —, *mata ele agora!*

Ainda em pé, Carlos observa toda a cena. Vagarosamente, começa a se aproximar, o cabo da faquinha ainda protuso na lateral da garganta.

Sua expressão é de ódio puro e feroz, o que me faz voltar a ficar aterrorizado. Não há nada que vá parar esse homem até que tenha me estrangulado com as próprias mãos. Mesmo machucado, chuto o rosto de Isa até que sua mão se solte de mim. Me esforço para conseguir me sentar no chão. Agarro o cabo da faca em minha panturrilha e, sem pensar demais no que estou fazendo, puxo a lâmina para fora.

— Ah! — Outro grito gutural me escapa.

O sangramento interno parece estar cobrando seu preço no raciocínio de Carlos. Lento como um zumbi, ele se agacha próximo a mim, olhos fixos nos meus, e ergue as mãos em direção ao meu pescoço.

Volto a chorar. *Não tenho opção.*

Enfio a faca de Isa no peito dele.

Quase não há reação, apenas uma aceitação silenciosa, e uma lágrima solitária que desce pelas bochechas quando torço a lâmina em seu coração.

Ele deixa escapar um grunhido sutil de dor antes de cair nos meus braços, morto.

Meus olhos ardem, minha visão fica turva pelas lágrimas.

Eu sou um assassino.

Me arrasto para trás, afastando-me do corpo sem vida de Carlos. Soluço. Mordo minha própria mão, tentando conter os gemidos.

Eu o matei.

— Não! — Isa grita. — O que você acabou de fazer? — Ela tenta se levantar, mas as sequelas da queda a fazem cambalear. A garota cai sentada próximo ao cadáver de seu cúmplice, observando-o com horror. Quando direciona os olhos até mim, estão marejados. — Está feliz agora? Com todos os seus amigos mortos?

Continuo me afastando, até finalmente alcançar a abertura na parede que conecta a cozinha à sala. As lágrimas seguem caindo livremente.

— O que aconteceu com Santiago foi um acidente — murmuro entre um soluço e outro. — Eu nunca quis isso.

— Você é tão hipócrita e iludido quanto todo mundo diz que é. Sabe o que isso significa, não é? Vai ter que me matar também, finalizar o serviço.

— Não...

— Vai ter que me matar, Dani, ou eu vou voltar pra te levar pro inferno.

Fico em pé novamente. Não consigo andar sem mancar, minha panturrilha dói. O sangramento continua vivo e intenso.

Manco para fora da cozinha.

— Eu vou, Dani, juro por Deus. Vou te matar e matar todo mundo que você ama — Isa continua vociferando.

Então, paro de me afastar. Viro para encarar a garota no chão. Posso ver em seus olhos que está dizendo a verdade, ela *voltará* por mim.

Não tenho opção.

Retorno à cozinha.

✱✱✱

Sento no batente da varanda, inerte, quase em um estado de transe. Fito a floresta, sem prestar atenção em nada.

Estou sentado aqui há horas. Quantas? Não sei ao certo. Duas, três. Não importa.

A faca que enfiei no peito de Carlos está largada ao meu lado, ensanguentada.

Aperto entre os dedos o pingente que Santiago me deu antes de morrer.

Eu sinto muito.

Então, a vejo novamente. A sombra que esteve me perseguindo e me atormentando na noite anterior.

Ela se afasta do tronco de uma árvore e se expõe na trilha. Não se aproxima, apenas me observa de longe.

É ele.

As lágrimas voltam a descer, como uma tempestade torrencial.

— Sinto muito...

Santiago desaparece quando sirenes ecoam ao longe.

PRAIA DO NOSSO FUTURO

Mary C. Müller

ILUSTRAÇÃO:
Julia Cascaes

@prostilustra

L avei a areia dos meus pés na torneira do quintal e enchi o pote de água de Meg, a vira-lata que fora da vovó. Sentei na varanda, na sombra. Fiz um afago na cachorra e comecei a olhar as fotos que tirei no celular. Sorri, passando-as para o lado. O mar estava mais esverdeado naquele dia. Revolto. O céu de brigadeiro. O vento forte soprava, trazendo alívio ao calor.

— O que vamos fazer com você, hein? — disse para Meg, que me olhou de volta, inclinando a cabeça.

Suspirei. Sentia pena da cachorra. Ela parecia bastante deprimida nas últimas semanas, desde que a vovó morreu. Um mês havia passado e a loucura toda estava chegando ao fim. O que restou foi uma calmaria desconfortável. Um ar estagnado entre toda a família. Um amargor. Uma impossibilidade de admitir o que muitos pensavam, mas que não podiam falar. Que *eu* não podia falar. Que minha mãe não ousava sequer pensar, mas que todos sabiam.

Que ninguém sentiria falta dela.

Olhei para as fotos mais uma vez. Eram simples. Não havia nada de realmente interessante nas cores, nos ângulos, no tema. Mas esse breve ritual diário manteve minha cabeça no lugar nos últimos dias. Mesmo as fotos sendo tão sem graça, queria poder compartilhá-las com minha vó. Usá-las para criar um vínculo que nunca tive com ela. Aí, talvez, seria mais fácil lidar com a própria culpa. Com aquele vazio.

A porta da frente abriu e minha mãe saiu de lá.

Elas eram tão parecidas. A pele clara, o cabelo castanho, a baixa estatura e os olhos bem azuis. E nada a ver comigo. Alta, cabelo preto, olhos bem escuros, iguais aos do meu pai.

— Ah, Lisa, aí tá você. Tava na praia de novo?
— Uhum.
— Vai no mercado pra mim? Precisamos de mais caixas.
— Uhum.

Minha mãe revirou os olhos e voltou para dentro da casa.

Todo mundo estava estranho. Meu irmão mais novo não fazia nada além de limpar o dia inteiro. Ele estava absorto na tarefa de tirar o cheiro de cigarro das paredes, jogar tranqueiras velhas fora e trocar todos os móveis de lugar. Se dependesse dele, jogaríamos tudo no lixo. Mas não podíamos jogar tudo fora. Só o que podíamos fazer era ressignificar todas aquelas memórias. O que não seria nem um pouco fácil.

Nossa mãe andava paralisada. Meio robótica. Ela nunca precisou me dizer uma palavra, mas sei bem que foi ela quem mais sofreu debaixo daquele teto. Desse teto. Teto que, agora, seria nosso. Onde precisaríamos morar. Onde eu precisaria esquecer.

Fui pra dentro de casa tomar café. Bernardo estava na cozinha com a cara no celular, vendo um tutorial de como lixar paredes, sentado bem afastado da mesa. Me aproximei só para perturbá-lo com um empurrão no ombro. Uma perturbação bem de leve, como nossas perturbações entre irmãos haviam sido naquele mês.

— Não era pra tu ir no mercado? — ele falou.

— Muito cedo.

— A mãe vai reclamar.

— Não quero dirigir.

— Tirou a carteira de motorista pra quê?

— Pra enfeitar minha bolsa.

Misturei um pouco de leite no café e enchi o resto do copo com gelo. Ninguém podia me obrigar a tomar café quente naquele calor.

— Você é nojenta.

— Pelo menos eu posso parar de tomar café frio, e você? Pode deixar de ser chato?

— Posso dar um jeito na minha vida, ao contrário de você.

— Aham, sei.

Eu sabia que ele daria um jeito na vida. Mas demonstramos amor com implicância desde o berço, então, não podia responder de outra forma sem parecer que fui substituída por um robô.

Nós tínhamos só um ano e um mês de diferença de idade. E crescer naquela família nos deixou muito apegados. Éramos a constância um do outro. A certeza no mar irresoluto. No meio de tanta confusão, eu sempre podia contar que o Bê seria o Bê. E ele podia contar que eu seria eu.

— Cadê o bolo? — perguntei.

— Estou tentando prestar atenção nisso aqui, fica quieta.

— Não é como se houvesse uma baita ciência por trás de lixar paredes.
— Cala a boca, Lisa, tô tentando ouvir.
Bernardo grunhiu e sumiu pelo corredor estreito. A casa era daquele jeito. Comprida, com um corredor de um lado para o outro e os cômodos na parte da frente. A sala ficava no meio, com um janelão gigantesco que dava pra uma varanda enorme, e a cozinha na frente. Sendo bem sincera, parecia o tipo de casa ruim que eu fazia em *The Sims* quando tinha onze anos.

Achei o bolo, comi, me arrumei, coloquei um tênis — *ugh*, odeio tênis no calor — e fui para o carro da mamãe.

Tirei a carteira de motorista assim que fiz dezoito anos, mas odiava dirigir. Me deixava ansiosa. *Eu sei dirigir. Eu dirijo bem*, falei pra mim mesma.

Sabia que aquelas palavras eram verdadeiras, mas convencer meu cérebro não seria tão fácil.

Minha cabeça se dividia em duas: a Lisa que *sabia* a verdade e a Lisa que *imaginava* a verdade. E a que imaginava, visualizava todas as coisas horríveis que podiam acontecer por qualquer besteira.

Liguei o som do carro, coloquei uma música da Pitty e cantarolei baixinho pra distrair aquela Lisa faladeira da minha cabeça.

O supermercado ficava perto, mas, naquela cidade, tudo ficava perto. Até as cidades eram próximas umas das outras. Pensando nisso, me dei conta de que, com a mudança, eu ficaria bem perto do ponto de ônibus para ir à faculdade. Estaríamos a meio caminho entre Balneário Camboriú e Itajaí. Economizaria um tempão até o campus onde eu cursava gastronomia.

Parei o carro na maior vaga disponível na rua e ia entrar no mercado quando vi uma sorveteria. E, naquele calor, o sorvete falou mais alto do que a ideia de chegar em casa e começar a separar lençóis velhos.

Comprei um *sundae* e olhei para o mar. Estava bem ali, jogando maresia na minha cara, então andei até lá.

Dei uma colherada no sorvete, o vento batendo no meu rosto. Acho que o mar era a única coisa da qual minha avó gostava. Ela parecia imune a tudo e a todos, menos ao mar. Ela deve ter passado uma boa parcela da vida torrando no sol, se empanando na areia e nadando. Pensar nela ali, na praia, era uma das poucas lembranças que não estavam infestadas de algo mais... doloroso. Ali, ela era outra pessoa. A carranca se ia e ficava uma avó que parecia mesmo uma avó.

Ela nos levava ali sempre que meus pais precisavam de ajuda. Mesmo no inverno. Bernardo e eu passeávamos com a Meg, fazíamos castelos, nadávamos, nos enterrávamos na areia... ali, no mar, havia paz.

Eu tentava me apegar àquilo. Naquelas lembranças doces. E não nos gritos e xingamentos. Nas palavras duras e humilhantes.

Peguei meu celular para tirar uma foto do mar. Mais uma foto feia para a coleção de fotos feias. Mas dessa vez, alguém além do oceano chamou minha atenção.

O cabelo dela era rosa. Com tranças nagô longas, presas no topo da cabeça, deixando as costas nuas visíveis pela abertura do vestido de algodão.

Eu sabia bem que não é nada legal secar uma mulher daquele jeito, mas fiquei ali na beirada da praia, imóvel. Parecia até que tinha visto uma sereia. Até olhei as pernas dela para me certificar de que era humana.

E era, sim, humana. Com os pés enterrados na areia, as ondas batendo na pele escura das canelas. Mas se aquela criatura era humana, então eu era a minhoca perguntando se ela seria capaz de me amar.

Ela tinha uma câmera profissional pendurada no pescoço e olhava o mar concentrada.

Sentei em um tronco caído perto das dunas e fiquei tomando sorvete, observando a movimentação da praia, o vai e vem do mar, e ela.

Click! Click! Click!

Ela fotografava o mar, algo na areia, algo no céu. Tirou fotos de gaivotas, de um cachorro, de uma maria-farinha. E eu ali, sendo panaca até o *sundae* acabar.

E aí me convenci de que estava sendo estúpida e levantei para pegar as benditas caixas no supermercado. No caminho até em casa, só conseguia me perguntar se as fotos dela estavam boas. Melhores que as minhas, com certeza.

***

Era noite e eu estava deitada na cama, assistindo a vídeos no celular. Ainda estávamos no processo de tirar as coisas da casa da vovó antes de trazer as nossas. Eu queria muito o meu colchão. E queria muito voltar para o quarto que havia escolhido, mas meu irmão realmente lixou a parede e nada me faria ficar lá dentro com o pó que subiu da reforma.

— Desliga essa porcaria, tá fazendo luz — Bernardo reclamou da cama dele.

Me ajeitei no colchão no piso, virei o ventilador com o pé para ele ventar apenas na minha direção e fiquei esperando a reclamação do Bernardo, que chegou bem rápido.

— Você quer me matar de calor?
— Tem outro ventilador no meu quarto, é só pegar.
— Pega você.
— Será que a gente vai trazer os ventiladores de teto do apê alugado?
— Acho que sim, são nossos.
— Pensando nisso, ainda temos que reformar lá, né?
— É só pintar — resmungou.
— E aquele piso de taco da sala que tá meio solto.
— Já tava assim antes, tu não lembra?

Dei play, arrumei o fone e voltei para meu vídeo. Acordei com o sol batendo na minha cara e quase cozinhando com o ventilador desligado, cortina aberta e janela fechada. Autoria de Bernardo.

Me vesti e tomei um café rápido para ir à praia, como eu tinha feito todos os dias daquela semana. Eu só me sentava na areia e ficava olhando o mar, tentando acalmar o mar revolto que era minha própria mente. Ali, na casa que ainda não conseguia chamar de minha, o caos logo começaria. Mudanças, reformas, limpeza, separação. Os momentos de paz de frente para o mar todas as manhãs me ajudavam a manter minha sanidade em dia.

Ou talvez eu só estivesse fugindo.

Bernardo estava no quintal colocando cubos de gelo no pote de água da Meg.

— Tu vai sair de novo? — ele perguntou.
— Uhum.
— O que tem de tão interessante na praia?

Abri a boca para fazer uma piadinha qualquer, mas a pergunta de Bernardo me fez lembrar da garota com a máquina fotográfica. E pensar nela me fez ruborizar.

Saí pelo portão sem dizer nada e andei pela avenida na direção do mar.

Aquela garota... será que ela estaria lá novamente? Não, seria muita coincidência. Mesmo assim, procurei por ela. Fiquei ali, olhando ao redor de tanto em tanto tempo, mas é claro que ela não ia surgir. E que besteira ficar pensando nisso. Tanta coisa acontecendo na minha vida e ainda perder meu tempo pensando numa estranha?

Quando cheguei em casa, minha mãe e Bernardo estavam discutindo na cozinha.

— Não tem por que, Bernardo! Que bobagem, a mesa está inteira!

— A nossa mesa antiga era dez vezes melhor que essa!

— É só uma mesa! Já vendi a antiga e vamos ficar com essa. Já foi, já passou, já aconteceu! Não tem mais nada pra ser discutido!

— Por que você não vendeu essa?

Confusa e com as mãos na cintura, minha mãe olhou para ele.

— Tá falando sério, Bernardo? É uma coisa a menos pra colocar no caminhão.

Ele balançou a cabeça, exasperado, parecendo dividido entre desistir e continuar a briga.

— É isso — mamãe disse. — É só uma mesa.

Ela girou nos calcanhares e sumiu pelo corredor comprido. Olhei pro meu irmão com pena. Nossa mãe não sabia que não era "só uma mesa". Aquela era *a* mesa. E eu também não gostava de olhar para ela. De comer nela. De chegar perto dela.

Trocamos um olhar. Nós não falávamos sobre aquilo, mas aquele olhar era o bastante. Eu sabia que ele sabia. E ele sabia que eu também sabia.

Que ali, naquela mesa, era onde nossa avó nos amarrou um dia para nos deixar de castigo. Esfreguei meus pulsos, como se só a lembrança fosse capaz de me fazer sentir dor. Nossos pais tinham ido passar um mês fora em uma viagem só deles. E Bernardo e eu ficamos ali.

Bem. Ali.

Não sei o que deu em mim.

Soltei um grunhido que veio lá das minhas entranhas mais animalescas. Fechei os punhos com força e fui na direção da mesa, como se eu fosse capaz de parti-la em duas.

Bernardo, porém, ficou na minha frente. Me segurou pelo ombro e me impediu de avançar.

— Me solta — rosnei.

Mas ele só me abraçou. Deixei meu corpo cair contra o dele e chorei.

**

Passei o resto da manhã ajudando o Bernardo com a pintura das paredes. E na hora do almoço, decidimos não usar aquela mesa e fomos num restaurante perto da praia.

Estávamos comendo quando a vi mais uma vez.

A fotógrafa.

Ela estava bem do outro lado da rua, na frente de uma padaria, olhando o visor da câmera. Dessa vez, pude ver seu rosto, mas ainda estava tão longe... Ela usava um vestido simples de algodão e nada nos pés. Meu irmão olhou para mim por cima do copo de refrigerante e arqueou uma sobrancelha.

— Vai entrar uma mosca nessa sua boca enorme.

Fechei a boca e mostrei o dedo do meio para ele. Bernardo olhou naquela direção e deu um sorriso torto.

— Ah, tá explicado. Tu gosta mesmo de mina com cabelo colorido, né?

— Não enche, Bernardo.

— Sempre achei que as minas de cabelo colorido são meio malucas.

— É pra afastar babaca.

— Faz sentido.

— Por isso que tu não pega ninguém.

— Achei que era por ser feio.

— Tu não é feio.

— Ah, que fofa, minha irmã me defendendo.

— Não é isso. É que você parece muito comigo, e se você for feio, eu sou também. Logo, não posso te chamar de feio.

— Como é lindo o amor fraterno.

A garota da máquina fotográfica ficou ali por um bom tempo e depois saiu andando em direção ao mar. E como eu não era boba nem nada, em vez de ir para a casa, peguei um sorvete e fui à praia. Bernardo não deixou barato e ficou tirando sarro com a minha cara, mas ele me pagaria mais tarde.

Por incrível que pareça, a garota ainda estava lá. Tirando fotos do mar.

Virei as costas, pensando em ir embora. Não sabia o que era mais tolo, perseguir a garota até a praia ou desistir de falar com ela depois de apenas cinco segundos de ponderação.

Que patética, *ugh*.

Me aproximei do mar, tirei os chinelos e deixei as ondas tocarem meus pés. Aquilo era normal, certo? Tomar sorvete na beira do mar, digo. Supernormal. Ninguém acharia estranho. E a garota, a poucos passos de mim, nunca acharia que eu estava ali por ela. Claro que não. *Click! Click! Click!* Olhei para o oceano e não vi nada. O que ela fotografava de tão interessante? O dia estava meio cinzento. O mar, meio esverdeado, meio marrom. Será que eram as nuvens? Eu deveria me aproximar e perguntar. Seria uma desculpa decente, certo? Em outra circunstância, o que poderia usar para puxar assunto? Não, não, eu não poderia esperar. Aquele era o melhor momento. Eu deveria perguntar se ela era fotógrafa. Se era algum projeto. Fotos para algum estudo, alguma pesquisa...

Olhei para ela de relance. Era tão estranho como ela não tinha nada consigo. Nenhuma bolsa, nem para a máquina. Nenhum acessório. Nem calçado. Só ela, o vestido e a máquina.

Eu poderia dizer "oi" e pedir para ver as fotos. Talvez apenas perguntar o que ela estava fotografando. Talvez...

Tarde demais. Ela virou e saiu andando na direção da avenida. E eu fiquei ali com meu sorvete, sozinha com meus pensamentos.

***

Não consegui parar de pensar nela naquele dia. E de me culpar por pensar nela. Minha mãe estava deprimida, meu pai estava lá no apartamento antigo cuidando da mudança, minha avó estava debaixo da terra e eu tinha que manter a cabeça no lugar, por minha família.

Eu disse a mim mesma que pensar na garota era só uma distração. E quando fui ao mercado comprar mais fita-crepe para usar na pintura, fiquei olhando em volta, tentando encontrá-la.

Seria muita sorte vê-la ali.

Mas ela estava na praia no dia seguinte, quando fui de manhã, no horário de sempre.

E também na loja de conveniência do posto de gasolina, dois dias depois, quando fui abastecer o carro.

Ela morava no bairro. Ou talvez só estivesse ali durante as férias. Eu precisava criar coragem para falar com ela. Se fossem apenas férias, acabaria desperdiçando aquela oportunidade.

Era tarde de sábado e eu estava na sala olhando a papelada da vovó. Documentos antigos, contas pagas de anos, folhetos e panfletos, jornais, revistas, certificados, notas fiscais, comprovantes de pagamentos e tudo mais de impresso e burocrático que pudesse existir no mundo.

Eu queria jogar aquela caixa plástica inteira no lixo, mas minha mãe pediu que olhasse um por um, para ter certeza de que não iria me desfazer de algo importante.

Mas o que possivelmente seria importante?

— Você não tá cansado? — perguntei de repente.

Bernardo, que tinha terminado de pintar as paredes, estava sentado do outro lado da sala, olhando uma caixa parecida com a minha.

— De quê?

Olhei em volta para o caos, as caixas de papelão em um canto, os documentos, as sacolas de lixo, as pilhas de papéis.

— São nossas férias de verão. A gente deveria estar aproveitando. Você vai pra faculdade ano que vem.

Bernardo deu de ombros, secou o suor da testa com o braço e cruzou as pernas.

— Sei lá, Lisa, as coisas aconteceram desse jeito. Ninguém escolheu isso.

— Ainda assim. Tudo que a gente faz o dia todo é tentar deixar essa casa diferente do que ela é. Mas pintura nenhuma vai apagar o que a nossa vó fez com a gente.

— Não é questão de apagar.

— É, sim.

— Se vamos morar aqui, então que seja do nosso jeito. E é melhor deixar tudo pronto antes das aulas começarem — argumentou. — Além disso, falar é fácil, né, mas eu sei que você vai na praia todo dia por causa da vó.

Fiz um biquinho exagerado e ele deu uma meia-risada.

— Eu não sou burro — continuou. — Quando a gente ficava aqui no verão, ela levava a gente na praia todo dia. Você só continuou quando ela parou.

— Não é só isso — falei. Peguei uma folha qualquer e comecei a rasgá-la em pedacinhos enquanto encontrava as palavras certas. — Você não sente culpa?

— Culpa de quê?

— Por não... se sentir mal com a morte dela.

Bernardo ergueu a cabeça e me olhou como se eu tivesse quatro olhos.

— Nem um pouco. É por isso que você vai lá? Por culpa?

Dei de ombros, sem saber muito bem a resposta.

— Me sinto meio... fria... por não sentir nada. Então acho que se eu tivesse uma relação com ela estaria sentindo algo e aí penso que deveria ter tido uma relação com ela.

Terminei minha frase sem sentido e Bernardo sacudiu a cabeça de leve.

— A gente era criança. Ela era adulta. E tivemos, sim, uma relação com ela. Uma relação de merda. Ficar se sentindo culpada não vai te levar a lugar nenhum.

Ele era tão prático. Claro que aquilo fazia sentido. Claro que eu já havia me dito aquelas coisas. Mas saber e sentir eram coisas tão diferentes.

— Você deveria sair com seus amigos. — Mudei de assunto.

— E você deveria parar de se meter na minha vida.

— Por que você precisa ser tão pragmático? A gente deveria sair e se divertir. E jogar todos esses papéis no lixo.

— E se tiver alguma coisa importante?

— Sim, como essa nota fiscal de um micro-ondas comprado em 2006? Ou que tal — peguei outro papel —, essa conta de luz de 2011? Ah, esse aqui é muito útil! O manual de instruções da geladeira! Ou esse panfleto da pizzaria que fechou três anos atrás.

Bernardo olhou para mim. Olhou para seus papéis e pegou algo na caixa.

— Certificado de um curso de culinária — falou.

— É só lixo, Bernardo. Lixo e mais lixo.

— E se tiver... sei lá, um documento? Uma certidão de nascimento, de casamento...

— Tudo vencido! Vamos fazer assim. Tenta achar qualquer coisa que pareça útil, só pra mãe não achar que jogamos tudo fora. E aí, de noite, a gente vai curtir o verão de verdade.

Ele não pareceu muito certo daquilo. E arrastar o irmão de dezessete anos pra um bar não era exatamente legal, legalmente falando, mas ele era mais alto do que eu. Tinha barba. Curta, mas tinha. E nossos pais certinhos não precisavam ficar sabendo. Eles estavam no apartamento, afinal.

Ele se levantou, foi até mim e começou a arrastar a minha caixa até o lado da dele. Fiz uma careta.

— Não acredito que você vai obedecer a tudo calado.

— Você que é a insubordinada da casa. Deixa que eu olho sua caixa.

— Você é um palerma.

Horas depois, eu estava no meu quarto novo. Apesar de ser um palerma certinho, Bernardo havia renovado aquele lugar. As paredes azuis foram substituídas por um tom de gelo em três paredes. Atrás da cama, ele pintou com meu tom favorito de coral. Como ele sabia que gosto de coral? Só Deus sabe. Ele também cobriu todos os furos e imperfeições, deixando as paredes lisinhas e perfeitas, com o acabamento impecável. Com tanta dedicação, não era surpresa para mim que ele faria arquitetura.

Meu espelho de corpo inteiro estava enrolado em plástico-bolha. Comecei a rasgar o invólucro, o apoiei na parede e fui me arrumar. Coloquei um vestido preto com a saia rodada e detalhes de tule, bem pirigótica. Meu sapato *creeper* cinza-escuro e uma maquiagem não tão drástica, visto que estava quente tal qual a filial do inferno na Terra e eu estava indo a um luau aleatório com pop rock nacional.

O que eu não esperava era encontrar o Bernardo na cozinha, pronto para sair comigo, com uma camisa de botão aberta por cima de uma camiseta de banda, bermuda e All Star de cano alto.

— Aêêê, Bernardo! — vibrei.

— Mais uma palavra e eu fico em casa.

Fiz um movimento de calar minha própria boca e jogar a chave fora.

Saímos de casa e fomos andando na direção do mar. O luau era perto do finalzinho da praia. Uma caminhada de uns vinte minutos. Mas naquele calor e naquele tédio dos últimos dias, uma caminhada em paz com meu irmão não era nada ruim. Fomos pela estrada na beira do mar, apreciando a lua cheia no oceano e a brisa fresca. Logo pude ouvir o som de música e as luzes. E as pessoas.

O lugar estava lo-ta-do.

O bar ficava na areia. Um cordão de lâmpadas estava pendurado nas amendoeiras-da-praia. Uma banda de *covers* tocava na área coberta e uma quantidade enorme de pessoas bebia, conversava e dançava pela areia.

Nos entreolhamos por alguns instantes. Eu não sei o que estava esperando. Talvez tenha achado que um "luau" seria menos cheio que uma "balada". Mas, pelo jeito, era apenas uma balada. Só que na beira da praia. Com banda.

Bernardo, como eu, também não era muito chegado em muvuca, mas fomos em frente. Fui até o bar pegar duas cervejas e voltei para a praia, entregando o copo a ele.

Nós só conversamos e bebemos. Fizemos planos para quebrar a mesa da cozinha. Falamos sobre como nossa mãe estava fingindo que estava tudo bem. Sobre nosso pai que se fazia de bobo, como se não soubesse que nossa avó não tinha sido uma pessoa particularmente boa. Sobre o sumiço dos nossos tios e primos.

E aí, enquanto eu ria de uma das lembranças do Bernardo, ela apareceu.

As tranças rosas soltas ao redor do rosto redondo. Os pés descalços na areia branca, com um top preto e uma saia meio transparente.

Bernardo acompanhou meu olhar.
— Nem diga nada — falei, precipitando a provocação.
Ele ergueu as mãos na defensiva.
— Eu nem ia dizer nada.
— Bom mesmo.
— Deveria aproveitar e ir falar com ela. Parece que ela tá sozinha.
— Que nada, deve estar com alguém. — Olhei em volta. Não era possível que aquela beldade estivesse desacompanhada. — Logo alguém vai chegar.

Mas a sereia ficou ali de pé, bebericando um drinque no abacaxi, se mexendo devagar no ritmo da música. Sozinha por vários minutos.

— Vai lá falar com ela.
— Até parece.
— Deixa de ser trouxa. Você mesma disse que queria aproveitar suas férias.
— Não posso aproveitar se eu levar um fora.
— Se você levar um fora, eu te consolo com um chocolate amanhã.
— Parece um bom plano.

Respirei fundo e saí andando, enterrando o salto plataforma do meu calçado estúpido na areia.

A garota olhava as lâmpadas penduradas nas árvores e nos varais com luzes de fada. Com a cabeça inclinada, ela parecia ver algo que eu era incapaz de enxergar. Uma luz, um ângulo, quem sabe. Mas a máquina fotográfica não estava ali daquela vez.

Ah, aquele olhar.

Quem me dera ser o tema das fotografias, só para vê-la olhar pra mim daquele jeito por horas.

Antes que eu me desse conta, estava falando:

— Oi, licença... desculpa perguntar, mas... te vi fotografando algumas vezes na praia. O que você estava fotografando?

Que pergunta estúpida. Como eu podia ser tão tansa? O mar, óbvio! Estava fotografando o mar! Queria ser uma maria-farinha e me enterrar na areia. Desaparecer tal qual o flash da máquina some no ar.

A garota tirou os olhos das árvores e os direcionou para mim. Fiquei ansiosa. Eu deveria sair correndo. Pular no mar e nunca mais voltar. Mas, para minha surpresa, a garota sorriu.

— Sinceramente? — falou. — Nada!

Ela deu uma risadinha.

A voz dela tinha um timbre doce e alto. E a risada ressoou dentro de mim fazendo minha barriga se revirar de um jeito estranho.

Ri também, porque, né, o que mais eu faria vendo aquele rosto lindo se iluminar daquele jeito?

— Comprei aquela máquina faz pouco tempo e só fico testando as configurações. Quero conhecer a máquina de cabo a rabo antes de fotografar de verdade.

Ela deveria me achar uma *stalker*. Quem chegava daquele jeito em alguém, admitindo que a observou em outro momento? Por que eu precisei ser tão estranha? E agora, como dar continuidade àquela conversa, que por um milagre ainda não tinha acabado?

Ou tinha? Precisava pensar em algo rápido.

— Desculpa a pergunta esquisita — pedi. — Eu vou naquele mesmo canto da praia todo dia, então acabei te reconhecendo.

Ela sorriu mais ainda e trocou o peso de uma perna para outra.

— Tá tudo bem, quando se tem o cabelo rosa é de se esperar ser reconhecida.

Ah, se ela soubesse que poderia trocar de cabelo todo dia e eu ainda a reconheceria...

— Ai, que bom, pensei que você ia achar esquisito uma total estranha vir te falar isso. Só fiquei curiosa com suas fotos.

— Mas quem disse que não achei esquisito?

Paralisei no lugar. Desejei que Deus, por favor, mandasse um raio bem no centro da minha testa. Mas a expressão dela logo se abriu.

— Tá tudo bem ser esquisita, sei que sou também, tirando fotos do nada todo dia.

Ela se aproximou de mim e estendeu a mão.

— Meu nome é Rebeca.

— Lisa. — Apertei a mão dela, que era quente e pequena.

— Pronto, agora somos conhecidas e é socialmente aceitável você me fazer perguntas estranhas.

— Que alívio! — falei, brincando de maneira exagerada. — Esse é o único tipo de pergunta que sei fazer.

— Pra falar a verdade — ela bebeu mais um gole do drinque e remexeu o guarda-chuvinha —, as fotos são uma desculpa pra fugir de casa. — Ela fez uma pausa. — Foi mal, você só fez uma pergunta e eu aqui, contando detalhes da minha vida.

— Não, tá tudo bem. Eu também só vou na praia para fugir de casa. Nem gosto tanto assim de areia e de ficar embaixo do sol.

— Mesmo?

— Uhum.

Abri a boca para perguntar por que ela fugia, mas a fechei em seguida. Ela era só uma estranha, eu não tinha direito algum de fazer uma pergunta tão íntima.

Mas aí quem fez a pergunta foi ela.

— Por que você foge?

Por que fui beber toda minha cerveja? Ter um copo na mão pelo menos me ajudaria a ficar numa pose menos desconfortável e ganhar tempo pensando numa resposta. Fiquei tão nervosa que acabei falando sem pensar.

— Minha vó morreu e agora preciso morar na casa dela, e ela batia em mim e no meu irmão quando éramos crianças.

Houve um momento de silêncio entre nós duas.

Rebeca bebericava. E eu morria por dentro.

Ela tirou o canudo da boca e olhou para mim. Os lábios de veludo curvados para cima, como se não soubesse se o que eu tinha dito era verdade ou brincadeira.

— É sério?

O que é um respingo pra quem já está na água?

— É sim. O problema nem é tanto a casa, mas minha família toda pisando em ovos o dia inteiro.

— Ah, que droga. Sinto muito. Por sua avó.

— Não, tá tudo bem — eu disse e, graças a Deus, consegui segurar minha língua e não tagarelar sobre como a morte dela tinha sido um alívio e como eu precisaria de dez anos de terapia para lidar com aquele sentimento tão errado. — E você?

Ela bebeu mais um gole do drinque. Que droga! Ter algo pra segurar e bebericar era realmente uma boa forma de ganhar tempo.

— Bom... eu me mudei pra morar sozinha num apê em Balneário, perto da faculdade, mas não deu certo. Aí agora voltei pra casa do meu pai, que tá de férias o dia todo, largado no sofá sendo desagradável.

— Ah... nossa — comentei. — Somos um par horrível para conversas casuais.

— Que nada, tem coisas que a gente fala com estranhos que não contamos nem na terapia.

— Achei que não fôssemos mais estranhas.

Ela riu da minha indignação fingida, ainda bem. Era difícil achar alguém que se comunicasse da mesma forma caótica que eu.

— Que curso você faz na faculdade? — perguntei.

— Publicidade.

— Isso explica a máquina fotográfica.

— Eu amo fotografia, mas tenho me perguntado se tem lugar pra foto como arte no curso de publicidade. E você? Faz faculdade?

— Faço gastronomia.

— Ah, que legal!

— Meu pai não queria que eu entrasse nesse curso. Ele diz que vou torrar minha barriga na frente de um fogão de segunda a segunda o resto da minha vida e ser mal paga.

— Meu pai fala que publicidade é uma carreira morta e que vamos ser substituídos por inteligências artificiais em menos de cinco anos.

— Podemos sempre contar com nossos pais para demonstrarem apoio — apontei com sarcasmo.

Ela me chamou com a cabeça até onde ficavam as mesas e nos sentamos. Dei uma espiadinha, procurando

Bernardo, com medo de tê-lo abandonado, mas ele havia encontrado um grupo de pessoas com quem conversava.

Não era possível que eu estivesse mesmo ali. Sentada num bar e falando com o ser humano mais belo a tocar a água do mar. Conversamos por um bom tempo sobre nossos cursos. Estudávamos em períodos diferentes, mas no mesmo campus. Aquilo ficou na minha cabeça. Estávamos tão perto! Esse tipo de coincidência agradável não costumava acontecer comigo. Sabia que estava colocando o carro na frente dos bois, pensando em um relacionamento com ela, mas sempre fui assim, emocionada. Quando eu gostava de algo, era pra valer. E aquela nossa conversa fácil me deixava cada vez mais convencida de que eu podia mesmo *gostar* dela, não só achá-la atraente. Eu queria saber muito mais do que só sobre a faculdade. Queria saber sobre a família dela, sobre tudo que ela gostava de fazer ou não. Que música ela ouvia, que filmes assistia, de que lado da cama dormia.

Pegamos mais bebidas, dividimos duas porções de batata frita e ficamos ali, só nós duas, enquanto as pessoas iam e vinham, até a banda parar de tocar e muita gente ir para casa. Ela tinha a minha idade, uma gatinha chamada Cyndi Lauper, sonhava em um dia expor suas fotos, gostava de fazer bolo, tinha duas avós legais, medo de relâmpagos, gostava de ver filmes sem continuação e amava sorvete de pistache.

Eu podia passar horas a ouvindo falar. E, no fim das contas, foi o que fiz. O lugar já estava bem vazio quando meu irmão foi até nossa mesa, com as bochechas vermelhas.

— Lisa — chamou, puxando uma cadeira e se sentando com a gente, deitando a cabeça na mesa por alguns instantes. — Cadê a chave de casa?

Beca olhou dele para mim.
— Esse é o Bernardo.
— Ah! Ouvi muito de você essa noite.
Ele ergueu a cabeça.
— Só coisas boas, claro, visto que sou o melhor irmão do mundo.
— Com certeza.
Remexi minha bolsa até achar a chave, mas não entreguei a ele.
— Você tá em condições de ir pra casa sozinho?
— Tô sim, só preciso dormir aqui nessa mesa um minutinho.
Troquei um olhar com Beca. Ela me lançou um sorriso, inclinando a cabeça, daquele jeito que ela fazia quando olhava o que ia fotografar. Queria congelar aquele olhar e emoldurar na parede coral do meu quarto.
— Acho que tá na minha hora — avisou. — Antes que eu me deite nessa mesa e durma também.
Assenti.
— Onde você mora? — perguntei.
— Na Rachel de Queiroz.
O caminho era o mesmo.
— Quer ir andando com a gente? Não se preocupe, não vou te fazer carregar meu irmão.
— Eu consigo andar — ele murmurou.
— E eu sou um micro-ondas.
Levantamos e fomos andando pela areia. Bernardo não parava de cantar, com os tênis nas mãos, molhando os pés e pulando as marolas que chegavam nele. Eu também carregava meus sapatos, pendurados nos dedos, andando lado a lado com Rebeca.

Em poucos minutos chegaríamos na avenida. E em poucas horas seria dia. E saber que ela morava ali e estava tão perto de mim, em tantos sentidos diferentes, me fez perder qualquer tipo de pressa, mas uma pequena ansiedade — de um tipo muito específico — começou a gelar minha barriga.

Bernardo foi andando na frente e ficamos cada vez mais para trás, prolongando aquele momento. Até que Rebeca parou e olhou para os lados.

— Sabe, a praia tá bem vazia a essa hora, né?
— Uhum.
— Não tem ninguém aqui.
— É.
— Eu até podia te deixar em casa e te dar um beijo de cinema na porta, mas aí a gente perderia essa vista.

Meu coração pareceu parar. Engasguei com a respiração. Meu rosto deve ter ficado da cor de uma papoula.

— Perder a vista? — perguntei. — Mas você estaria bem na minha frente!

Ela deu uma risadinha com a cantada ruim e deu um passo, se aproximando. E depois outro. E aí ficou nas pontas dos pés e nossos lábios se encontraram.

Foi rápido, mas foi incrível. Como uma promessa para continuarmos outro dia.

***

Não sei que horas acordei. E nem queria saber. O Bê estava na sala, estirado na frente da TV. Grunhi um "oi" e ele grunhiu em resposta. Nossos pais ainda não tinham chegado. Bebi quase um litro de água de uma vez só, tomei um remédio para dor de cabeça e um café gelado. E então fui pro sofá, sonhar acordada lembrando de tudo que aconteceu noite passada.

— Você acha que vou parecer muito desesperada se mandar uma mensagem pra Rebeca?

Bernardo bocejou.

— Vai. Mas você é desesperada, é bom ela saber onde que tá se metendo.

Peguei meu celular, abri o aplicativo e comecei a digitar um "oi".

— Ela ainda deve estar dormindo. — Soltei o celular sem mandar nada. — Melhor deixar pra depois. Ela já deve me achar meio esquisita.

Deixei para mais tarde. E aí meus pais chegaram e fui ajudar a carregar os móveis e coisas do meu quarto antigo para o novo, montar a cama, o armário, guardar tudo. E então ficou tarde *mesmo*.

Quando terminei, olhei ao meu redor. Minhas almofadas de fantasminhas na cama. Meus livros na prateleira. Minha escrivaninha com o computador e a caixa de enfeites que eu ainda precisava abrir. O vasinho de violeta na mesinha de cabeceira, meu porta-brincos em formato de morcego.

Meu quarto.

Seria mais fácil me acostumar com aquela mudança tendo meu cantinho de volta.

Me larguei na cama (que saudade que eu tava do meu colchão) de cabelo molhado depois do banho e mandei aquele oi. Que foi literalmente:

> Oi

> E aí

> De boas, passei o dia refazendo meu quarto do zero. Meus pais chegaram com a mudança. E vc?

> Fiquei morrendo no sofá o dia todo

> Que inveja

> Mas, pelo que vc disse, tava ansiosa pra ter suas coisas todas de volta

> É. Agora até parece meu quarto mesmo. Digo, não parece meu quarto, é o meu quarto. Mas é estranho pensar que nunca mais vou no apê antigo

> Vc vai gostar de morar aqui. Posso te mostrar o bairro

> Seria ótimo! Fui numa sorveteria bem boa essa semana

> Tem uma escondidinha lá no canto que é incrível. Eles fazem uns sorvetes artesanais maravilhosos. Quer ir lá amanhã?

> Claro!

> Eu tô morta de ontem. Parece que andei uma maratona

> Nem me fale, minhas pernas tão me matando. E nem fiquei tanto tempo assim de pé

> kkkkkk ficamos de pé por horas, Lisa

* * *

Fiquei mega-ansiosa pra ir à sorveteria com ela. Que roupa eu deveria usar num calor tenebroso pra encontrar a mina mais linda do planeta? Ninguém me ensinou essas coisas. No fim das contas, optei por uma saia leve, um top de biquíni com estampa de esqueleto e meti um delineador gatinho. O verão não podia me impedir de ser trevosa.

Encontrei Bernardo na sala, subindo em uma escada. Usava uma espátula para tapar alguns furos ao longo da parede com massa corrida. Reconheci o local onde nossa avó deixava alguns quadros antigos.

— Não era mais fácil só trocar os quadros? — perguntei.

Ele secou o suor da testa e raspou a parede com cuidado.

— Vou pendurar um novo ali. — Apontou outro ponto na parede. — Aqui não tá centralizado.

Me abaixei e peguei um porta-retrato antigo e empoeirado com uma foto desbotada. Era um grupo de pessoas na frente de uma escadaria. Nossa avó, bem mais jovem, sorria.

— Você sabe quem são essas pessoas?

— A mãe falou que eram do trabalho — ele respondeu, concentrado.

Passei os olhos pelas fotografias retiradas das paredes. Eu não conhecia nenhuma daquelas pessoas.

— Não tem nenhuma foto nossa.

— Não tem nenhuma foto da família — corrigiu, concentrado na parede.

— Será que ela... — Não terminei a frase. Não conseguia sugerir em voz alta que nossa avó não gostava da gente. Apesar de aquilo parecer bastante evidente.

Bernardo desceu a escada e soltou a espátula sobre a latinha de massa corrida.

— Deixa isso pra lá, Lisa.

— Como você consegue?

— Consigo o quê?

— Deixar para lá.

Ele deu de ombros e desviou o olhar.

— Não consigo. Essa é a questão, não é? — Ele olhou ao redor e fez um gesto com as mãos. — A gente tá aqui. Essa é nossa vida agora. Então eu vou tirar esse bando de rosto desconhecido da parede e colocar um quadro bonito no lugar e um monte de foto nossa no aparador. E vida que segue.

— Você faz parecer simples.

— E você faz parecer complicado. — Ele deu um peteleco na minha orelha.

— É complicado.

Bernardo trocou o peso de uma perna para outra, parecendo pensar em como explicar.

— Eu sei que é. Olha... eu não posso mudar nossa vó. Só me resta mudar a casa.

Eu entendia ele. Só não entendia como ele conseguia se sentir assim, visto que pensar daquela forma me enchia de culpa. Famílias deveriam ser felizes, certo? Unidas. E nossa avó destoava do que eu imaginava que uma avó deveria ser. E ainda assim eu deveria amá-la? Perdoá-la? Apesar de tudo o que aconteceu? Eu sabia que Bernardo não a perdoava. Apenas focava no futuro. E eu queria muito fazer o mesmo, sem me prender em todas as memórias ruins daquela casa e daquele bairro. Mas aquela era mais uma das coisas que só o tempo seria capaz de resolver. Eu ainda tinha muito o que pensar e curar em mim mesma.

— Vai lá ver sua namorada — falou. — Eu tenho um rodapé para pintar e você tá no caminho.

＊＊

Beca já estava na sorveteria quando cheguei. Era um lugar pequeno na rua em frente ao mar. Nos cumprimentamos com um beijo tímido na bochecha e ela me ajudou a escolher, mostrando os sabores que mais gostava. Peguei chocolate, maracujá e morango, e fomos para a sombra de uma amendoeira-da-praia na areia.

Dei uma colherada no sorvete e fechei os olhos de prazer.

— Perfeição — falei.

Ela sorriu, me olhando com satisfação.

Aquilo estava mesmo acontecendo? Eu estava MESMO na praia tomando sorvete com uma garota incrível?
— Que foi? — ela perguntou. Deve ter reparado na minha cara de panaca.
— Nada não, só surpresa desse sorvete ser tão bom.
O sol batia nos meus pés, o vento refrescava meu rosto, e o sorvete, meu corpo. Mas aquele frio na barriga tinha outra fonte também.
— Esse cantinho é tão gostoso — observei, olhando em volta para o mar e as montanhas. O mar quebrando nas pedras onde a praia terminava, ou começava.
— Eu gosto muito daqui — comentou. — É meio caótico na alta temporada, mas bem tranquilo no resto do ano.
Levantamos e fomos andando pela praia, deixando rastros dos nossos pés na areia fofa e quente. A conversa fluía com facilidade e os momentos de silêncio não eram desconfortáveis. Eram leves. Um respiro. Um instante para apreciar a vista, o sorvete, o frescor do mar que batia em nossos rostos. Falei sobre a faculdade, como eu gostava de fazer doces, sobre o Bernardo e a nossa família, sobre música. Ela me contou sobre como a mudança dela tinha dado errado por não achar um emprego, a readaptação à casa do pai, o sonho de usar fotografia como renda, não apenas um passatempo. Ela fazia crochê nas horas vagas. Tinha discalculia e errava esquerda e direita.
E eu me deixei levar por aquela leveza que sentia com a Beca e me abri sobre o peso que sentia com a morte da minha vó. Ela me olhava com compreensão e não com julgamento, então falei mais. Sobre a mudança, sobre meus pais. E ela me contou sobre o divórcio dos pais e os sentimentos conflitantes que ela mesma sentia.

Era tão bom ficar ali ouvindo ela falar. Tinha algo nela que eu não conseguia identificar. Uma coisa diferente por trás do olhar, que chegava em mim no formato de uma sensação na barriga. Será que eram meus olhos apaixonados? Ou a energia dela realmente penetrava em mim? Não sei dizer. Mas naquele dia, na praia, eu a absorvi inteira. Nunca quis tanto conhecer alguém e saber mais e mais e mais. E era, ah, tão confortável falar com ela. Sentia tanto que podia ser eu mesma. Esquisita, avoada, estranha. Contar meus receios, meus planos. E tudo ficaria bem.

Era muito comum eu sentir medo ao conversar com alguma pessoa que gostava. Uma apreensão de falar algo errado e estragar tudo, mas não sei o que me deu. Com ela, eu me soltava. E gosto de pensar que fui o mesmo pra ela. Um lugar seguro. Uma constância.

Não queria mais viver com medo de ser julgada por tudo que eu sentia ou achava. Estava tão cansada de pisar em ovos. Aquele dia na praia foi um alívio. Um feriado da minha própria cabeça e dos meus próprios medos. Pude apenas ser. Apenas existir pela primeira vez em muito tempo.

Andamos e conversamos por tanto tempo que o sol estava se pondo atrás de nós, nas montanhas, e o sorvete já não era o bastante para encher nossas barrigas.

— Amanhã a gente podia sair pra comer alguma coisa de tarde — sugeri, pensando com fome.

— Se quiser continuar a sua tour pela Praia dos Amores, posso te mostrar um lugar legal. Você gosta de comer doces tanto quanto gosta de fazer?

— Claro que sim.

— Fechado! Te mando mensagem pra combinar.

— Ok!

— Tem outra coisa que eu queria te pedir, mas vai ser estranho.

— Mais estranho que contar para uma desconhecida como você perdeu todo seu dinheiro tentando morar perto da faculdade?

Ela colocou as mãos na cintura e fez um biquinho fofo.

— Ei! Desconhecida? Eu sei o seu nome e sobrenome!

— Nós duas rimos e ela continuou: — Você tava tão linda no luau com aquela maquiagem.

Enrubesci, mas ela não pareceu notar ou se importar.

— Eu tava pensando — ela continuou —, será que você me deixa tirar umas fotos suas? Pra testar a câmera com uma figura humana. Tentei com crustáceos, mas eles não são muito bons em obedecer direções.

— Imagino. E achar um biquíni para uma lagosta deve ser um desafio.

— Você nem imagina! Eu tive que crochetar um! Mas não precisa usar biquíni, queria mais você sendo você mesma, sabe.

— Pelada?

Ela deu uma risada maravilhosa e balançou a cabeça.

— Posso te ajudar a escolher um vestido e uma maquiagem. Perto da minha casa tem um grafite foda na parede que tô namorando faz tempo pra usar de cenário.

— Seria um prazer, Beca.

***

Naquela noite, depois do passeio, só consegui pensar nela. E no dia seguinte e no outro e no outro. Tudo era ela,

ela, ela. E a gente estava tão perto que se via sempre que podia. Na praia. Nos lugares que ela me levou para conhecer. Na minha casa, quando ela foi a primeira vez, na casa dela. No dia que ela tirou fotos lindas de mim.

E agora eu olho para os pés da Beca, da mesma forma que estavam da primeira vez em que a vi. Descalços, enterrados na areia, com o mar beijando suas pernas. A câmera fotográfica nas mãos, sorrindo, maravilhosa. O cabelo crespo em um penteado lindo, com um enfeite que parecia coral, com pérolas.

Ela vira para mim com aquele olhar de quem analisa uma obra de arte antes de fotografar. Ergue a máquina até os olhos.

Click! Click! Click!

O vento bate no vestido de noiva dela e por alguns instantes, ela parece uma ilusão novamente. Uma sereia. Uma impossibilidade.

Estamos naquela mesma praia mais uma vez e ainda não consigo acreditar que aquela é a *minha* mulher. Ela me dá a mão e olhamos para trás, onde a cerimônia aconteceu.

— Pronta para a festa? — pergunto.

Ela guarda a câmera na bolsa e olha além, onde o carro nos aguarda.

— Você sempre achou que a gente chegaria aqui?

— Pra falar a verdade, eu te achava perfeita demais para ficar comigo.

— Exagerada.

— Ninguém olha pro céu e se pergunta se tem chance de chegar na lua.

— Não precisa fazer cantadas duvidosas, Lisa, eu já me casei com você.

— Bom, acho que você vai ter que aguentar as cantadas duvidosas por mais um tempo.

Ela se aproxima e fica nas pontas dos pés.

— Que bom. Assim, tenho certeza de que nenhum dia chato nos espera.

Seguro o rosto dela e a beijo. Não muito longe de onde a beijei pela primeira vez. Atrás de nós, nas montanhas, o sol vai descendo, envolvendo nós duas em uma moldura dourada.

Uma fotografia eterna.

MADONNA DE VERÃO

Victor Marques

ILUSTRAÇÃO:
Emile Kipper

@amychasingflowers

Noventa e cinco. Noventa e seis. Noventa e cinco. Noventa e seis.

Poderiam ser batidas do coração, mas, na verdade, eram porcentagens que se alternavam por trás das câmeras, nas telas dos supercomputadores que apuravam os votos no *Vigiados*, o terceiro reality-show mais popular do Brasil.

Sarinha Lima, com um sorriso cínico e confiante estampado na cara, estava sentada no centro do imenso sofá branco, olhando fixamente para a tela vertical em que o apresentador, vestindo roupas leves e sapatênis, discursava. Sua estratégia só poderia dar mais que certo, ela imaginava, frente aos outros competidores que mais pareciam plantas ornamentais. Sarinha tinha exposto as mentiras de Glória, colocado sal no bolo preparado por Rafusco e prometido que jogaria as roupas de Leilane na piscina, caso o público a fizesse vencer a primeira berlinda.

Não tinha nada pessoal contra nenhum deles. Glória nem mentia tanto assim, os bolos de Rafusco até eram bons depois da segunda mordida; e Leilane só ia ser o bode expiatório para um VT que seria replicado nas redes sociais a semana toda. Para vencer, Sarinha faria de tudo, mesmo que aquilo fosse um *battle royale* da vida real e ela precisasse ser a última sobrevivente, às custas de suor, terra e sangue.

— Quem sai hoje não entregou o que o público queria. — O apresentador ergueu as sobrancelhas, enrugando a testa. — Paciência! É a vida, não é?

Não sou eu... O povo quer barraco, quer treta! Sarinha Lima olhou para a cara dos oponentes com um sorriso mais falso que nota de três reais.

— Quem sai hoje não entendeu os recados das berlindas anteriores! E eles eram mais do que óbvios.

Óbvio, o público não quer saber de planta!

— Quem sai hoje, exagerou!

Exagerou na sabonetagem, ninguém movimentou isso aqui mais do que eu.

— Quem sai hoje bateu um recorde...

Recorde de mentiras contadas por segundo! Sarinha riu e olhou nos olhos de Glória: *sua mitomaníaca*.

— ... e vai precisar se recuperar de noventa e cinco por cento de rejeição. Quem sai hoje é você, a nossa agente da discórdia. Vem pra cá, Sarinha Lima!

***

O vídeo original da eliminação de Sarinha Lima na primeira berlinda do *Vigiados* já contava com quase quatro milhões de visualizações. Ao menos, depois de mais de um ano daquela temporada, as pessoas já tinham esquecido boa parte dos participantes da edição anterior, e isso dava esperanças de que um dia esquecessem que ela foi a agente da discórdia.

— Chega de ver isso, Sarah. Todo dia a mesma coisa! — Laura reclamou, fazendo o celular sumir das mãos de Sarah como se fosse fumaça. — Pronto, bloqueei esse canal. Laura era fofa e atenciosa. A mulher com a mais perfeita dicção em um raio de quarenta quilômetros. A amiga que tinha sobrado, já que todos os outros picaram a mula depois dos noventa e cinco por cento. Naqueles dias de verão, ela estava passando um tempo com Sarah.

— Não adianta, daqui a pouco postam numa conta nova. Noventa. E. Cinco. Por cento! — Sarah suspirou, quase como se doesse fisicamente recitar a porcentagem.

— Esse número me persegue até no banheiro.

Ela se jogou na cama e tapou os olhos.

— Como foi que eu consegui essa proeza?

— O pessoal que vê reality é estranho, amiga. — Laura se sentou ao lado dela, acariciando os cabelos pretos ondulados de Sarah. — Um ano reclamam que só tem planta, que alguém precisava movimentar a casa. No outro, quando alguém entra e cria o caos, se juntam em bando para tirar a pessoa com rejeição. Você deveria ter se ligado nisso. E olha que você é branca, não vi ninguém te chamando de raivosa. Comigo ainda seria pior.

— Podes crer, amiga. Eu dei mole. Aliás, acho que eu quis ser famosa na época errada. Antigamente era tudo mais fácil.

Sarah ergueu o corpo e pisou no porcelanato sujo de areia. À frente do espelho vertical, viu como as bochechas brancas estavam avermelhadas depois de uma manhã de sol quente na cara.

Laura apareceu ao lado dela. Ainda tinha resquícios de protetor solar mal espalhado no nariz e nos ombros, mas o dourado da maquiagem na pele preta retinta estava intacto ao suor. Sarah continuou o papo:

— Antigamente você ficava famosa, aparecia na TV, no rádio, nos filmes e ninguém tinha como te xingar nas redes sociais. Me perseguiram até em loja de conveniência, depois que eu saí.

— Tá, mas chega de lembrar da desgraça. Isso foi no verão passado. A Sarinha vai ficar presa pra sempre no verão passado?

— Com certeza o público queria que aquela versão da Sarinha ficasse presa! — Ela caminhou até a janela; o sol tinha sido encoberto por algumas nuvens, e uma brisa fresca entrava. — Vir aqui pra Unamar foi a melhor coisa que eu fiz. Mas atrasou meus planos em pelo menos dez anos.

Depois de ter sido convidada a se retirar por um alucinado público votante e visto seu número de seguidores despencar pra casa de uma dezena de milhares, Sarah tinha pedido colo à vó Márcia, que morava sozinha no bairro de Unamar, em Cabo Frio.

Aquela casa de praia ficava dentro de um condomínio e não passava de uma modesta construção com sala, cozinha, banheiro e dois quartos e meio — o "meio" era apertado e cheirava a mofo por causa das fitas de videocassete guardadas.

O imóvel era da família há décadas e tinha virado o lar da avó depois da aposentadoria. Livre, leve e solteira, vó Márcia vivia a vida dos sonhos num lugar ideal para isso. O fim da temporada de verão fez o movimento da cidade praiana diminuir, como acontece em todos os anos. E foi assim que Unamar se tornou o esconderijo perfeito para

Sarinha que, com o encerramento do *Vigiados*, escolheu se camuflar, ficar e se deixar ser esquecida.

— Eu queria voltar, apagar aquela imagem caótica e tentar uma carreira de novo...

O lamento fez a voz ficar xoxa no final da frase, e Laura se aproximou, com a mão no ombro de Sarah.

— Mas virar *influencer* local foi uma coisa boa, não foi?

— Mais ou menos, amiga. — Sarah tomou o próprio celular, que ainda estava nas mãos de Laura. — Olha, tudo isso aqui no meu *feed* é permuta. Nesse daqui, do Léo Modas, eu não ganhei nem cinquenta reais. Vez ou outra eu ganho um trocado. Tá difícil. E a vó tá reclamando, sabe como é, né? Ela fez várias dívidas pra sustentar nós duas. A aposentadoria dá e sobra pra ela. Mas pra nós duas fica foda.

— Que difícil a vida da ex-*Vigiados*. — Laura revirou os olhos. — O drama de Sarinha Lima! Já pensou em fazer faculdade que nem eu? Direito é chatinho, mas pelo menos eu já tô lá no fórum e não saio mais.

— Que emprego, Laura? Meu emprego é o Instagram. Se eu desistir, nunca mais que esse número sobe. — Sarah apontou pros seguidores e atualizou a página. Tinha acabado de perder mais um. — Ah, saco.

— Bom, se você tá dizendo... Mas bora, que eu não vim pra Unamar pra ficar enfurnada em casa, mexendo no celular. Você já tá com o bucho cheio e descansada, então nada de enrolar. Vamos à praia!

***

A praia do Pontal não ficava muito longe do condomínio e era uma beleza: água limpinha, ondas mais ou menos agitadas, além das opções de sorvete, açaí, milho e mate nas redondezas.

Sentadas em cadeiras de praia e protegidas por um gigantesco guarda-sol, Sarah e Laura foram surpreendidas pela oferta irresistível de picolé da fruta.

— Ai, Laura. Cê não tem um trocado aí não? Pix, sei lá. O moço tá terminando de atender o pessoal ali. — Sarah apontou para o vendedor ao lado delas, pegando cinco sorvetes e entregando o primeiro para uma menininha de biquíni rosa.

— Comprar picolé na praia, Sarah? Tá com dinheiro, hein!

— Moço, moço! — Sarah ignorou as reclamações e ergueu a mão. — Aqui!

O vendedor foi arrastando o carrinho branco até elas.

— Tem morango, limão, chocolate, Amarula, coco e passas ao rum! — ele anunciou, tipo um locutor.

— Tá quanto? — Laura mexia na bolsa.

— Três por vinte.

— Vinte reais?! — Laura quase derrubou a carteira na areia.

— Ah, não, Laura, guarda essa carteira. — Sarah gesticulou para a amiga abaixar a mão e se voltou ao vendedor: — Moço, por favor, vinte não dá. A gente nem é turista, qual foi?

— Ah, vocês são daqui, né? É três por quinze, chapa. Vão querer de quê? — Ele meteu a mão dentro do carrinho, impaciente.

— Só tenho dez — Laura barganhou, estendendo a cédula rosa.

— Claro, dá pra fazer — o vendedor admitiu a contragosto.

Saldo final: um picolé de morango e dois de coco. Perderam na criatividade de sabores, mas ganharam o bônus de não estourar o orçamento. O último, claro, tiveram que dividir; cada uma dando uma mordida por vez.

— Ah, que delícia. Cê tá com alguma sacolinha de lixo aí, Laura?

— Eu não, guarda na bolsa e depois joga fora.

— Vai melar tudo. Vou ver se tem um lixo por a...

Sarah parou de falar como se tivesse sido desligada da tomada. Laura até começou a olhar ao redor, para ver se ela estava reparando em algum menino ou menina bonita, mas, na verdade, Sarah estava com o olho fixo na embalagem desbotada do picolé.

— Que estranho. Tem um anúncio aqui dizendo que vai ter mais uma edição do *Vem dançar em Unamar*. Como assim? A última edição acabou em...

— "Vem" o quê? — Laura interrompeu.

— *Vem dançar em Unamar*, Laura. Lembra que eu disse uma vez que minha vó ganhou um concurso por aqui, quando era nova?

Laura demorou uns cinco segundos para processar, mexendo os dedos no ar.

— Ah, lembrei! Mas eu não sabia que ela dançava.

— Não, ela não dançava bem. Ela contava essa história pra todo mundo que ia lá em casa. Não contou pra você? Estranho. Mas vamos lá...

Ao som das ondas quebrando à frente delas, Sarah foi puxando as lembranças das festas de aniversário, natais e carnavais, quando sempre ouvia a mesma história. Vó Márcia, nos anos 1980, fora campeã do *Vem dançar em Unamar*, mesmo sem saber dançar! Aquele concurso, estratégico para aproveitar o aquecimento da economia local nas férias de verão, tinha mobilizado amores e desamores. Os jurados, a cidade, os vizinhos e os amigos foram capturados por um dos números encenados em um palco improvisado na areia da praia.

— Madonna de Verão! — Sarah resgatou o nome. — Minha vó hipnotizou todo mundo fazendo uma dança legal e ninguém nem ligou pras habilidades dela, boas ou não. Ela ganhou dinheiro, virou famosa pela cidade, até fez *cover* por muitos anos.

— Nossa, dá um filme isso daí. E o que chamou tanto a sua atenção nesse anúncio?

— Aqui, olha!

Sarinha mostrou a embalagem. Abaixo do QR Code, havia uma série de logos de patrocinadores: prefeitura, rádio, mercado...

— O canal do *Vigiados*! — Laura arregalou os olhos.

— Eu sabia que eles estavam fazendo alguma coisa naquele programa de sábado, concurso de *cover* sei lá o que do Brasil, mas será que tem a ver? — Sarah questionou, tentando ligar os pontos da programação linear de TV que ela nem assistia.

Com o celular em mãos, ela correu pra ler o QR Code. Era difícil fazer qualquer coisa tamanha a claridade do dia ensolarado, mas foi redirecionada para o site do concurso e percebeu que, sim, tinha a ver com a emissora de TV. Sim, tinha um bom prêmio em dinheiro, e... sim! SIM! SIM!

— Quem ganhar vai poder se apresentar lá no *Programa do Paolo*! Ah, meu Deus, sim!

O *Programa do Paolo* era um caldeirão de entretenimento: concurso de calouros, entrevistas com ex-*Vigiados*, polêmicas, renascimento de celebridades antigas... Quase sempre repercutia bem nas redes sociais.

— Ah, não, Sarah. Não me diz que você tá pensando nisso.

— Não, eu não tô pensando no que você *acha* que eu tô pensando, Laura.

Um plano surgiu com a velocidade de uma locomotiva a todo vapor, um avião na hora da decolagem, um carro de Fórmula 1, o papa-léguas, ou qualquer outra coisa super--rápida. Sarah se viu transportada da praia para o palco, do palco para as redes, e o seu número de seguidores crescendo rápido que nem o pé de feijão do João.

— Você não sabe cantar e nem dançar!

— Nem a minha avó! E ela foi a campeã da primeira e última edição. Eu pensei num negócio aqui...

— Que negócio?

Com as mãos erguidas, sentindo-se como uma diretora de cinema, Sarah continuou.

— Imagina nós duas juntas no palco e a manchete: Sarinha Lima recupera *cover* esquecida da Madonna!

— *Esquecida?* Isso é jeito de falar da sua avó?

— Foi só modo de dizer. Emissora gosta dessas manchetes. E é a minha chance de limpar a barra e crescer de novo. Talvez assim me chamem pro *Celeiro*.

— Ai, Sarah — Laura falou com desânimo. — Mais um plano mirabolante pra tentar ficar famosa?

— Não é mirabolante. Essa é a minha chance, eu tenho certeza de que é boa. É só a minha vó topar. Eu vou pedir, com carinho, e ela vai dizer sim!

***

— Não! — Vó Márcia respondeu, de costas, enquanto tirava um bolo do forno. Seu tom era como se o pedido de Sarah fosse coisa de outro mundo e estivesse abaixo do último lugar na sua lista de prioridades de vida.

Ela posicionou a forma fumegante na bancada de mogno e balançou a cabeça negativamente.

— Que loucura fazer outra edição desse concurso! — Vó Márcia uniu as sobrancelhas. — Quem teve essa ideia de jerico?

Ela era, hoje, uma mulher de sessenta e poucos anos, que usava blusões floridos e vivia com as raízes do cabelo esbranquiçadas. Fazia bolos, costurava, assistia a novelas e cuidava de cachorrinhos de rua. Nada na sua cara dizia que ela gostaria de ressuscitar a Madonna de Verão.

Irredutível, vó Márcia voltou as mãos e os olhos para o molde metálico, tentando desenformar o bolo.

— Daqui a pouco eu levo um pedaço pra vocês — disse, sutil como uma flor.

Recado entendido; meia-volta, volver. Sarah foi a primeira a sair da cozinha.

— Nossa, mas ela reagiu estranho — Laura cochichou no ouvido dela, enquanto as duas iam se afastando. — Nunca vi sua vó desse jeito.

— É que eu não te contei uma parte lá na praia. — Sarah conduziu Laura para mais longe com o braço. — Deu um caô gigante naquela primeira edição do concurso.

— Caô, tipo, pesado? — Laura continuou cochichando.

As duas chegaram à sala de estar, encobertas pelo som alto dos comerciais da TV.

— É, tipo... — Sarah falou em graça. — Caô tipo morte.

— Morte?! — Laura gritou sem perceber, então ficou sobressaltada e cobriu a boca. — E cê fala assim, com toda naturalidade? — perguntou baixinho, entredentes.

— É, escandalosa. — Sarah baixou o tom. — Uma competidora morreu no dia do concurso, e ela era a favorita. Bateu as botas, não dançou e aí minha avó venceu. O povo ficou falando que ela só venceu por causa disso.

— Meu Deus, Sarah! Sua vó matou ela, então?

E quase que Sarah e Laura morreram do coração quando, detrás delas, veio uma voz impaciente:

— Eu não matei ninguém, menina! Sabia que ia ter que voltar nisso quando a Sarah chegou fazendo esse convite maluco.

E senta que lá vem história! Vó Márcia ofereceu as cadeiras de madeira da mesa de jantar para ninguém sujar o sofá de areia. Ela mesma se sentou de frente para as meninas. Contou sobre os anos 1980, tempos fantásticos, vinilizados, coloridos, espetados e banhados a fitas cassete.

— Todo mundo concluiu que eu tinha envenenado a Sônia Pantera, a dançarina em segundo lugar.

— Primeiro lugar, vó — Sarah corrigiu. — Ela era a melhor.

— Quem ganhou fui eu — Vó Márcia rebateu rispidamente. — Enfim, depois descobriram que a comida envenenada era na verdade pra mim. A Sônia comeu o meu prato por algum motivo, e, bom... O fim vocês sabem.

— Mas nunca encontraram quem quis fazer isso com a senhor... — Laura ia completar a pergunta, mas Sarah fez uma negativa com o rosto.

— Senhora tá no céu! Ah, bom, desconfiaram de outras competidoras.

— Quem é que ia querer fazer uma coisa horrível dessas num concurso de praia? — Laura questionou novamente.

— Ah, menina. Você não conhecia aquelas garotas. Pra elas, ganhar o concurso, o dinheiro e desfilar na cidade o ano todo com sorriso debochado era o mundo. A competição ficou séria, eram truques, fofocas... Eu sempre tentei me manter afastada das brigas mais pesadas.

E, na cabeça de Sarah, nem faria sentido pensar que vó Márcia, tão fofa e sorridente, boa que só ela, andando pra lá e pra cá com um pano de prato pendurado no ombro, poderia se meter numa trama dessas. Por outro lado, era difícil ver nela a Madonna de Verão.

— Tem gente que faz de tudo pra ficar famosa... — Sarah divagou.

Laura olhou, teleguiada pelo deboche, dizendo com boca, sobrancelhas e os músculos da face: "Eu sei que sim!".

— Mas eu tenho pra mim que foi a Sônia quem tentou me envenenar e se embananou. A gente não se dava bem e vivia trocando farpa. Foi horrível tudo aquilo, e é por isso que nunca deveriam fazer uma segunda edição desse concurso. — Vó Márcia abaixou os ombros. — Deus me livre!

— Tá, mas por que Madonna? Por que verão? — Laura insistiu na curiosidade.

— É uma bobagem do pessoal daqui. — Vó Márcia mostrou parte dos dentes num sorriso tímido. — Naquela época, eu era novinha, loirinha, bonitinha, então me chamavam de Má. Eu que reunia a turma toda aqui em Cabo Frio no verão e puxava todo mundo pra pegar praia de dia e dançar a noite toda... A gente ia em cada danceteria!

— E hoje fica falando pra eu tomar cuidado até se for na esquina! — Sarah reclamou, arrancando um risinho cúmplice da avó.

— Vó é assim mesmo. Mas voltando, eu que decidia a hora de ir embora, mandava no grupinho todo! — O brilho no olhar de vó Márcia e a ternura com que costurava cada palavra traduziam a saudade daqueles tempos. — Perdi contato com um monte de gente, nem lembro mais o nome...

Fez-se um curto silêncio enquanto ela divagava.

— Meus amigos eram muito bobos, que nem vocês jovens de hoje. — Riu. Sarah e Laura concordaram, acenando as cabeças. — Começaram a inventar na época: "Má é a dona de Unamar. Má é a dona da noite".

Então o rosto dela ficou rígido, antes de continuar:

— Meu pai odiava que eu vinha pra Una a hora que eu queria, usava a casa e ficava uns bons dias. Tenho saudades dele, só que ficava nervosa com as cobranças. "Lá é muito vazio!", "mulher viajando sozinha?", "vai dormir homem na minha casa?". — Imitou a voz grossa. — Eu nem ligava.

— Na época, toda garota queria ser a Madonna — Laura acrescentou ao relato, como se tivesse vivido naquele tempo.

— É, eu andava com roupas daquele jeito, tudo misturado, bracelete, sutiã, blusa rasgada. — Vó Márcia foi mexendo nos braços, no blusão que usava, indicando a posição dos adereços no corpo do passado. — E assim a Má continuou sendo a dona da turminha de Unamar. Com o tempo foi juntando "Má" com "dona" e, quando eu fui ver, já era a própria Madonna.

— E como a sen... digo, você só aparecia aqui no verão... — Laura inferiu.

— Exatamente, me associaram com a época, que nem o Roberto Carlos no Natal.

— Perfeito, vozinha. E lembra que você era famosa aqui?

— Ah, famosa é pouco! — Vó Márcia riu, levantando os dois braços. — Fiquei mais conhecida que o prefeito. Quase que eu fui vereadora. — O rosto dela mudou junto com a voz, que baixou uma oitava: — Aí eu engravidei de um namoradinho de praia, um traste! Comecei a cuidar da sua mãe sozinha... E esqueci da Madonna de Verão.

Vó Márcia uniu as mãos e abaixou o rosto, perdida nos próprios pensamentos. Laura e Sarah se entreolharam, fazendo caras e bocas, abrindo os olhos mais do que nunca. *Alguém muda de assunto, por favor!*

— Mas o povo até hoje lembra disso! Os vizinhos que tão aqui há muito tempo vivem mandando você se apresentar.

— Vivem perguntando por que eu parei! Não é óbvio? Minha vida virou a minha filha. Eu não me arrependo da sua mãe, hein — vó Márcia acrescentou, em tom afirmativo. — Mas essa é a realidade. E um monte ainda lembra daquela noite também. Foi estranho. Deixa isso pra lá, menina! — ela falou com a voz amarga. — Deixa que eu não quero lembrar disso.

— Mas, vó!

— Não. Chega! Sai, vai fazer outra coisa que eu tô ocupada e vou varrer essa sala. Sai, sai, sai...

***

À noite, Sarinha e Laura tinham saído para comer frango frito e, entre mãos engorduradas e arrotos deliciosos, a hora de pagar foi difícil. Sarah não achava o cartão de crédito na bolsa, perdido no meio de papéis de bala e batons velhos. O atendente, com os braços cruzados e o nariz torcido, parecia que ia chutar a bunda dela dali a qualquer momento.

— Ai, droga. Vou ter que passar em casa.

— Deixa, amiga. — Laura esticou a mão para ela; Sarah revirava a bolsa com olhos de águia. — Eu pago e você faz um pix da sua metade depois.

— Tenho que passar em casa, se não tiver lá eu preciso cancelar esse cartão logo!

— Vai logo, então. Deixa comigo.

Sarah chamou um Uber que mal aceitou e já estava a cinquenta metros do restaurante. Ela e Laura se despediram com um abraço desastrado.

Chegando em casa, Sarah abriu os portões e deu de cara com a escuridão. Ficou procurando uma fonte de luz, curiosa por estar tudo apagado.

Não tinha ninguém na sala, tampouco na cozinha. Não se ouvia nem via nada, exceto pelo finíssimo fio de luz que vazava de um dos quartos dos fundos, aquele que era o "meio quarto", com a porta entreaberta.

Onde vó Márcia poderia estar àquela hora? Teria a casinha de praia sido invadida? As mãos agarraram o celular, prestes a ligar pro 190. Mas uma melodia viajou pelo corredor, ainda baixa para ser totalmente reconhecida.

Sarah foi se aproximando, pé ante pé, sendo atraída pelo hipnótico som dos sintetizadores.

Everybody
Come on, dance and sing
Everybody
Get up and do your thing

No centro do quarto, que realmente fedia a mofo e naftalina, os móveis foram afastados, e vó Márcia estava de pé olhando para a TV, onde se via uma gravação de fita cassete de uma jovem magrinha dançando no meio de um palco mal iluminado. E ela, vó Márcia, tentava imitar os passos rápidos.

— A-ha! Peguei a senhora.

Como quem vê uma assombração, vó Márcia deu um gritinho e pulou pro lado com a mão no peito.

— Ah, garota! Você quase me matou.

Sarah marchou para dentro do quarto, pisando forte e quase soltando fogo pelas ventas. Cruzou os braços ao encarar a avó.

— Agora me diz que você não pensou em dançar de novo no concurso! — Colocou a avó contra a parede, erguendo a voz.

— Você não ia voltar só mais tarde?

— Ué, agora eu tô aqui. Te chamei pra se apresentar de novo e acho que você quer!

— Eu tô velha — vó Márcia lamentou. Então procurou o controle remoto e pausou o vídeo. — A Madonna de Verão nunca envelheceu.

— Mas a Madonna de verdade, sim, ué! E ela tá lá, linda e maravilhosa fazendo turnê.

— E se eles começarem a lembrar da Sônia Pantera? Eu falo o quê? Nem tava pensando nisso e você me tirou do meu sossego!

— Fala que você não teve culpa, ué. — Sarah se aproximou da avó, segurando-a pelos ombros. — E ganha o concurso de novo, comigo, pra provar que não foi só porque ela morreu.
— Ah, não, desiste disso.
— Você pensou em participar que eu sei! Admite.
— Não.
— Vamos, vó. A gente tem tudo pra ganhar.

Depois de Sarah quase recorrer a medidas desesperadas como imitar os olhos marejados do Gato de Botas, veio a resposta final:
— Vou pensar no seu caso.

***

Vó Márcia não só tinha pensado, como aceitado. Na manhã seguinte, comunicou sua decisão. Sarah explodiu em gritos e pulos pela casa. Beijou a avó no rosto e quase a pegou no colo.

Aquilo era coisa séria, então vó Márcia decidiu colocar em prática algumas das técnicas antigas, recuperadas das analógicas fitas cassete do concurso. A nova edição estava marcada para dali a uma semana, e todo dia, de tarde e de noite, as duas ensaiavam o que seria o novo número.

Tá, mas o que ia ser mesmo o novo número? Madonnas de Verão, é claro! Sarah usaria uma peruca loira e brincaria com a noção do tempo. Neta e avó se alternando no palco, em passos, planos e poses, passado e futuro, passado e presente. Reinventariam a Sarinha, a Márcia, a Má, a dona e a Madonna.

***

Certa tarde, Laura convidou Sarah para fugir um pouco dos ensaios. Surpresa com o andamento das coisas, a amiga não pensava que vó Márcia toparia entrar naquela loucura.

— Com o trauma que foi a primeira edição, eu ia ficar morrendo de medo se fosse competidor — Laura comentou, enquanto dividiam uma caipirinha grande numa mesa de bar, na calçada, na orla da praia de Unamar.

Era um dia agitado. Tinham uns meninos correndo, jogando uma bola meio murcha pra lá e pra cá, gente caminhando com tênis de corrida, casais de mãos dadas...

— Você ficou com isso da morte na cabeça, hein, amiga. Eu tô é preparando meus seguidores aos poucos pro *comeback*.

Sarah mostrou o celular. No *feed* do Instagram, via-se *looks* mais escuros, diferentes dos biquínis solares que usava na tentativa de ser *influencer* local; posts com músicas da Madonna e vídeos com dancinhas.

— Claro que eu fiquei com isso na cabeça. A mulher simplesmente morreu e não se falou mais nisso. Pior, sua avó era o alvo, e nunca descobriram quem foi.

— Ela já disse... — Sarah não tirou a cara do celular, rolando os comentários das fotos. — Provavelmente foi a Pantera querendo ver ela morta. Ela me contou que no mesmo concurso, um competidor pregou os sapatos do outro, e quando o outro foi colocar...

— Se eu fosse sua avó, ficaria com medo de alguém tentar me envenenar de novo, então. Pensa comigo, a neta da Sônia Pantera volta para a cidade e decide terminar o serviço da avó.

— Tá vendo muito filme, garota. — Agora Sarah tirou a cara do celular e tomou uma golada generosa da caipirinha. — A chance disso acontecer é zero.

— E a inscrição, foi grátis?
Inscrição? Sarah tinha esquecido completamente. E agora, cadê o picolé? Aliás, a embalagem! Ela fez como quem ia mexer na bolsa. Depois travou, é claro que não estaria mais lá. Já tinha virado poluente no mar. A respiração veio e voltou mais rápido, e ela só se acalmou quando simplesmente digitou "Vem dançar em Unamar" no Google.

— Ai, que saco. Tem edital e o prazo de inscrição é até a véspera. Quem lê edital?

— Quem não lê edital?! — Laura levantou a voz e arregalou os olhos. Passou a mão no copo da caipirinha e quase virou tudo. — É bom ler cada linha pra garantir que vai dar tudo certo.

O jeito foi pedir mais uma caipirinha caprichada na cachaça e uns anéis de cebola para acompanhar. A tarde ia ficando mais amena, a rua esvaziando, enquanto Sarah passava o olho pelas linhas do edital, tentando fazer a leitura mais dinâmica do mundo.

— Inscrição grátis, blá blá blá... não pode grupo. De preferência, apresentação única, mas até pode dupla... que bom.

— Ah, ufa, bom pra vocês.

— Droga. Bosta.

"Artigo primeiro. Parágrafo único. Em caso de duplas, indicar o membro principal e o auxiliar. Evitar danças de salão, casal e congêneres. Apenas um(a) membro(a) da dupla poderá acessar o prêmio em dinheiro, a viagem e a participação no quadro do *Programa do Paolo*."

***

— Ei, ei, volta aqui! — Laura apertou o passo. — Ainda não terminamos!

Sarah seguiu à frente pela calçada, sem olhar pra trás. Era melhor assim.

— Se eu ficar, você vai continuar enchendo minha cabeça de coisa sobre o edital e eu não vou ter coragem de fazer a inscrição. — Seguiu andando; olhos em frente, sempre.

Claro que Laura tinha que ser a voz da razão.

— Eu tô na sua casa hoje, né? Você não pode me largar aqui!

Sarah parou, pouco antes de chegar ao ponto de ônibus. Uma mulher que passeava com um pinscher e tinha cara de fofoqueira ficou olhando para as duas até elas se encontrarem, como se presenciasse uma deliciosa briga de casal — deliciosa pra quem é fofoqueiro e não tem nada a ver, claro. Mas as duas não eram um casal, nem nunca seriam. Só amigas já tava bom.

Era uma cena bonita, apesar de tudo. Sarah de costas, Laura chegando perto, as duas exaltadas. Só faltava começar a chover.

— Você não pode levar sua avó pra apresentação, ganhar e largar ela aqui sem nada. Ela não tá toda endividada?

— Eu vou ganhar o dinheiro e dividir com ela, né? — Sarah virou de costas e fitou os olhos muito bem delineados de Laura. — Tá achando que eu sou doida?

— Vai que sua vó também quer ganhar?

— E o que minha vó vai fazer na tv?! — Sarah falou rápido e alto. A mulher fofoqueira chegou mais perto, e tanto Sarah quanto Laura olharam para ela com desconfiança.

— Você a fez ressuscitar a Madonna de Verão do nada, podia pelo menos avisar que você quer só usar a apresentação dela pra ganhar. Ela vai ser a sua auxiliar?

— Meu Deus, Laura. — Sarah cuspiu as palavras com impaciência. — Eu vou ajudar ela a pagar as dívidas. Melhor ainda, quando eu conseguir meus seguidores e for pro *Celeiro*, vou mudar a vida dela!

Laura cruzou os braços. Um carro passou perigosamente perto e as duas foram para a calçada.

— Isso ou você vai lá ser cancelada de novo, usando sua avó à toa. Já pensou nesse cenário?

Sarah mordeu os lábios e apertou os olhos. Queria dizer muito, mas não saiu nada. O ônibus fazia a curva na rotatória à frente e logo encostaria no ponto.

As duas não se falaram no caminho de volta para casa. Laura emburrada, numa extremidade do ônibus, e Sarah na outra, com um bico de pato. Desceram sem trocar um "a", caminharam sem verbalizar um "b" e passaram pela sala de estar despercebidas pela vó Márcia, que costurava os trajes para a apresentação.

Sarah sabia, lá dentro, do risco de tudo não ser flores como ela imaginava. O primeiro obstáculo era vencer, de fato, o concurso, mas ela já se via lá na frente, com fama, dinheiro, um "ah, para, Paolo, eu nem tô tão bonita assim", e uma penca de seguidores. O fracasso não entrava na conta. O problema era o pessimismo de Laura ou a sinceridade?

Talvez precisasse de mais amigos falsos.

***

O assunto da inscrição e do edital ficou adormecido, enquanto Sarah e Laura fizeram um pacto de não agressão. Durante os dias seguintes, os ensaios se tornaram mais intensos, então umas duas noites foram reservadas para relaxar na piscina do clube no condomínio. Lá, fizeram amigos na hora, aquelas pessoas simpáticas com quem o papo flui e depois você não vê nunca mais.

Depois de nadar, ver os dedos ficarem enrugados e alguém do grupinho de amigos colocar uns funks proibidões na caixinha de música, todos se reuniram na borda da piscina para conversar. Falaram de churrasco, o novo *Meninas malvadas*, música, mídia, o concurso — não estava claro se os amigos da hora participariam ou não —, e mais bobagens.

— Mas eu lembro da sua cara de algum lugar... — disse uma ruivinha, cujo nome tinha sido esquecido, sentada à beira da piscina, depois de olhar pro rosto de Sarah fixamente. — Só tô com vergonha de perguntar.

— Sim... — Sarah sorriu. *Finalmente!* — Sou eu, Sarinha Lima.

— Não! Puts, tá de sacanagem? — O fortão, outro que Sarah tinha esquecido o nome, foi nadando pra perto delas. — Sarinha Lima, do *Vigiados*?

Ah, nem tinha ganhado o *Vem dançar em Unamar* ainda e já podia sentir o gostinho da fama, como a Rita Lee em "Sucesso, aqui vou eu". Laura lhe deu um sorriso cúmplice enquanto ajustava o topo do biquíni.

— Bora tirar uma selfie? — Sarah sugeriu para a ruivinha, ainda que um convite oficial não tivesse chegado.

A ruivinha explodiu em gargalhadas. O fortão e os outros amigos riram junto.

— Não, sério, eu te xinguei muito no Twitter quando você salgou o bolo do Rafusco — confessou a ruivinha. — "Meu dedo cai, mas a Saranha sai!" A gente te chamava de Saranha, desculpa.

— E, velho, quando você disse que a Glória era a que menos tinha chance de vencer? — o fortão perguntou retoricamente. — Foi ali que ela ganhou de vez.

— É, gente, pois é. Tá na hora da Sarinha. Vamos!

— Laura puxou a amiga para longe do grupo, enquanto nadavam para fora da piscina. Usaram a escadinha para não correr o risco de faltar força na tentativa de sair pela borda.

Já longe dos "amigos", pisando no gramado perto da saída do clube, o constrangimento voava entre as duas, tão palpável quanto os vaga-lumes acima de suas cabeças.

— Pelo menos eles esqueceram de quando eu assoei o nariz com a mesma flanela que eu limpei o chão — Sarah soltou, só pra quebrar o gelo.

Laura não conseguiu se segurar. Gargalhou, para as duas poderem gargalhar juntas. Era bom rir daquilo, melhor do que ficar presa na coisa dos noventa e cinco por cento.

— Vou avisar pra minha vó que a gente tá voltando. Acho que ela não fez janta hoje.

Sarah tirou o celular da bolsinha de mão e acessou a conversa da avó no mesmo instante em que uma mensagem de áudio chegava. Antes que ela pudesse checar, vieram mais três. A maioria com um ou três segundos, e a última com vinte.

— Ué.

Ela apertou play na primeira. A voz abafada de vó Márcia ganhou vida:

— ... Ô, Zé...

E assim, automaticamente, começou a reprodução das próximas.

— ... Ô, Zé. Te liguei, você não atendeu...

Laura tomou o celular da mão de Sarah.

— Para de ouvir, Sarah — falou num tom paternalista. — Por um acaso seu nome é Zé?

— Ah, agora eu tô curiosa e quero ouvir! — Sarah tomou o celular de volta.

E sentou o dedo no play.

— ... Zé, você vai estar em Unamar esse final de semana? Nem te conto, vai voltar a Madonna de Verão. — Vó Márcia fez uma pausa para rir. — Eu e minha neta. Ela é uma menina de ouro, a Sarah, e eu tô ansiosa. Soube que tem coisa de TV no meio! Aparece pra ver minha apresentação, Zé. Você sabe que eu sempre quis voltar!

Depois do último segundo de áudio, eles foram sendo apagados, um a um.

> Vó Márcia está digitando...

> Desculpe, Sarah. Enviei uma mensagem errada. Já apaguei, certo?

> Isso, vó. Q nem eu te ensinei.

> É. Vocês estão vindo?

> Estamos. Uns dez min +/-. Bj.

— Que bom que você ouviu esse áudio. Fica mais fácil agora decidir sobre a inscrição que, aliás, vai até amanhã

— Laura disse em tom provocativo, quando Sarah nem tinha mais palavras.

As duas foram caminhando de volta, quietinhas, só pra não quebrar o pacto de não agressão.

***

Sarah Lima Castro.
Sarinha. Sarah. Saranha já era maldade! Ela escrevia o nome e apagava toda hora, sem conseguir finalizar a inscrição. Não fosse por Laura, já teria feito aquilo sem o menor remorso. Por culpa da amiga, estava agora rolando de um lado para o outro no colchonete no chão, enquanto Laura roncava tranquilamente na cama.

Aliás, o culpado poderia ser outro. Se não fosse o público do *Vigiados*, recusando-se a tratá-la como um cristal incompreendido, não precisaria se sujeitar a um concurso como mais uma tentativa de voltar para a mídia. Ponto negativo para o público: uuuu! (aqui uma vaia).

Mas, pensando bem, lá no fundo, a culpa era de Sônia Pantera, que tinha — supostamente — tentado envenenar a comida da avó na primeira edição do *Vem dançar em Unamar*. Se a droga da Sônia Pantera tivesse vencido ou perdido na boa, talvez o concurso acontecesse todo ano, sem ninguém precisar morrer.

Só que aí teria uma edição no ano seguinte. E no outro. E no outro. Até conseguir vencer, a avó tentaria. Ou vó Márcia desistiria? O que a vó Márcia diria para a jovem que *ainda* está em dúvida sobre se inscrever ou não como a artista principal no concurso? Aliás, o que a Madonna de Verão diria?

Às vezes, Sarah queria ter puxado a vó Márcia — quem ela era hoje em dia, sem ser a Má, dona do verão. Muito menos ambiciosa, com os pés tão no chão que poderiam ter sido grudados com supercola (pra não falar uma marca à toa e fazer *publi* de graça).
Precisava dormir. Precisava decidir. Tinha que fazer uma escolha. Então, num impulso, Sarah desbloqueou o celular, foi ao site do concurso e enviou a inscrição.

***

Na véspera do *Vem dançar em Unamar*, o café da manhã foi diferente. Pães, frutas, queijo, presunto e mortadela, junto com mais de um bolo, ovo mexido (exagero, coisa de gringo), mamão papaia, maçã e banana. Uma mesa de novela — com nada cenográfico.

— Ah, minhas filhas, nem acredito que já é amanhã — disse vó Márcia, enquanto servia café na caneca para as duas garotas sonolentas. — Nem dormi direito.

— Bom, eu dei uma olhada no site, em quem tinha confirmado a inscrição, e a nossa concorrência tá fraca — disse Sarah tranquilamente. — Vários números de "dancinha TikTok", nada contra, eu amo ficar a tarde toda vendo isso. Quem eu acho que pode ser difícil é a tal da ginasta-dançarina.

— Conheço ela. — Vó Márcia sentou-se à mesa. — Neta da Cleide, que deve estar no júri.

— Pode isso? — Laura perguntou, enquanto cortava um pedaço de bolo de laranja.

— Não se preocupa, o resto do júri deve conhecer minha vó. Solano Miguel, conhece, vó?

— Claro. Filho da dona Maria, amiga minha.
— Neusa Martins Santos?
— Sim, ela era jurada da primeira edição. Ainda é viva?
— E o prefeito. Que doideira essa parceria deles com a TV. O que explica?
— O genro do dono do canal é aliado desse prefeito aí.
Café tomado, pés no porcelanato. Ensaiaram a tarde toda, até enjoar do vídeo da Madonna na TV. Laura assumiu o papel de diretora, mandando vó Márcia pisar mais fraco, ou Sarah controlar o carão. Fizeram a prova das blusas, saias, calças *legging*, bandanas e brincos. Tudo certo, tudo bonito.

Quando vó Márcia saiu para fazer umas comprinhas, Laura ficou emburrada, esperando o assunto vir à tona pelas bocas de Sarah:
— Sim, eu fiz a inscrição sem conversar com ela antes, sua chata!
Laura revirou os olhos e bufou.
— Não acredito que você fez sem falar com ela, *Sarinha*. Que coisa!
— Olha só, Laura, você ainda tá no sexto período, não adianta colocar a toga de juíza antes da hora. Você nem sabe se eu inscrevi o meu nome ou o dela e já tá aí com essa cara de má.
— Claro que eu sei. Nem precisa perguntar.
— Olha o que você pensa de mim!
— Eu queria entender a quem você puxou, Sarah. Antes do *Vigiados* você era um doce!
— Só se fosse uma cocada de sal. Eu sempre quis ser famosa.
— Ok, tá, justo, mas nada justifica você ser egoísta assim! Sua vó não te deu o exemplo?

— Laura!
— Sarah!
— Chega, Laura. Eu tô ficando chateada com você.
— Tá bom, tá bom. Pacto de não agressão. Depois que vocês ganharem, a gente discute se o que você fez foi certo ou errado.

***

Enfim chegou o dia, ou melhor, a noite. O dia fora reservado para a produção. Vó Márcia tingiu o cabelo em um tom de loiro natural claríssimo. Vestiu meia-calça arrastão, a calça *legging* cortada na altura dos joelhos, saia, blusão preto, e complementou o *look* com braceletes, brincos e brilhos!
Sarah, claro, ficou a sua cópia. Laura fez umas cem fotos das duas em todas as poses que se pode imaginar. Foram à praia de Unamar dirigindo e, chegando lá, ficaram surpresas com a movimentação. Um palco havia sido montado entre a orla e a areia, bloqueando parte do tráfego. Algumas pessoas reuniam-se atrás de uma faixa e, à frente, a mesa de jurados já estava posicionada.
— Sorte pra gente, neta. — Vó Márcia segurou os ombros de Sarah. Algo naqueles olhos maquiados tinha a transformado em outra pessoa. — Vamos pra cima deles, vamos vencer.
— Cuidado na hora de comer ou beber qualquer coisa, tia. — Laura deu um riso debochado.
— Eu provo antes. — Sarah sorriu. — Pode deixar.
Os competidores foram sendo chamados para trás do palco. Sarah e Laura se despediram com um abraço desengonçado e apertado.

— Tira foto da gente — vó Márcia pediu a Laura, deu as costas e saiu de mãos dadas com Sarah.

Os dois primeiros competidores fizeram o mesmo número de "Tubarão te amo", trend de dois anos atrás. O terceiro concorrente foi desclassificado ao dançar uma música da Pabllo Vittar feita por inteligência artificial, com uma letra pra lá de proibida. E então, veio a tal da ginasta-dançarina.

O palco nem era lá grandes coisas, mas a ginasta soube aproveitar. Pulou pra lá, pulou pra cá, abriu espacato e deu duas cambalhotas. O público vibrou e certa hora, uma moça no meio da plateia abriu um cartaz com os dizeres: "ORGULHO DA FAMÍLIA". Ela recebeu uma chuva de aplausos... Seria difícil para a dupla madônica.

★ ★ ★

— Fica calma, vó. Eu preciso te avisar uma coisa antes da gente entrar. — Sarah apertou a mão dela enquanto as duas esperavam ser chamadas.

Vó Márcia olhou para Sarah com olhos curiosos. Antes de abrir a boca, no entanto, Sarah ouviu a voz pomposa do locutor sendo amplificada:

— Agora, um clássico... é isso? — ele brincou, e a plateia riu.

Sarah e vó Márcia entrelaçaram ainda mais os dedos. Os batimentos acelerados e sincronizados.

— Com vocês, elas, direto de uma máquina do tempo que viaja sem parar entre 1983 e 2023, e de 2023 a 1983. Elas vêm, vão e ficam. Elas são as rainhas do pop: as Madonnas de Verão!

A música explodiu em sei lá quantos decibéis. As cortinas se abriram e Sarah andou na frente, um passo de cada vez, enquanto vó Márcia a copiava como uma sombra.

A cada batida do instrumental de "Everybody", Sarah fazia um movimento diferente. Um chute pra frente e um pulo pro lado. Batia o cabelo, voltava pra cima e dançava em zigue-zague. Entre os passos, revelava-se vó Márcia, a Madonna de Verão original, o "eu" de hoje dançando junto ao "eu" de amanhã.

Em dado momento, a música parou. Sarah se jogou no chão, com postura de atriz, cuidadosa para não se machucar, mas primorosa em servir uma encenação plausível. Então o palco foi só dela, da Madonna de Verão original! Não era mais uma ex-celebridade, e talvez Sarinha Lima até deixasse de ser ex-reality.

Nem é preciso dizer que o público foi à loucura.

* * *

— Temos aqui o resultado.

O suspense habitual. O locutor, um homem alto, corcunda e com os cabelos lambidos com gel, segurava um envelopinho à frente dos competidores que formavam uma fila no palco. Os jurados, sorridentes, esperavam o anúncio do veredicto. Sarah procurou entre as cabeças da plateia e encontrou Laura lá no meio do povo, atenta.

— Foi difícil, todas as apresentações de hoje mereciam esse prêmio. Eu já falei do prêmio?

Dinheiro. Viagem. TV.

— Vó... — Sarah virou a cara para ela, e as duas se encararam. Não havia o menor fio de preocupação no rosto da avó. Ou qualquer resquício de Márcia na cara da Madonna de Verão.

— Eu sei, Sarah. — A vó piscou. A Madonna de Verão piscou!

Sarah torceu a boca e franziu a testa. *Sabe do quê?*

— Bom, sem mais delongas — prosseguiu o locutor.

— A apresentação vencedora de hoje...

Fala logo, cara! (Todo mundo pensou.)

— É...

FALA!

— Madonnas de Verão!

Aplausos. Gritaria. A ginasta-dançarina com cara de bunda. A jurada avó dela, mais ainda! "Burning Up" tocando ao fundo. Laura gritando descontrolada, abraçando estranhos na plateia. Esses foram os flashes da visão de Sarah.

A festa toda teve que ser pausada, pois o locutor tinha mais um anúncio.

— Tudo isso vai para quem se inscreveu no nosso concurso, como artista principal. Temos a honra de entregar o cheque, as passagens e o convite exclusivo do *Programa do Paolo* para...

O estômago de Sarah se contraiu. Era a hora da verdade. Suor nos dedos, suor na testa! Ela olhou, lá de cima do palco, para Laura, como se as duas pudessem trocar um olhar àquela distância.

— Márcia Castro, a Madonna de Verão! Vem pegar seu prêmio, Márcia!

E assim se ouviram mais aplausos.

***

Passada a festa, a rua estava muito mais vazia do que na hora da apresentação, e Laura insistiu em entrar na fila para mais uma dose dupla de caipirinha. Sarah e vó Márcia ficaram a sós, perto do palco.

— Agora você pode contar pro Zé que ganhou. Aliás, ele não veio?

Sarah tinha soltado, sem pensar, e tapado a boca, mas já era tarde. Assim, admitia que tinha ouvido os áudios da avó. Vó Márcia mexeu nos cabelos e soltou um riso irônico.

— Puts, desculpa, vó. — Sarah cobriu o rosto com a mão. — Não é da minha conta, né?

— Ai, querida — disse com deboche, os lábios curvados, a voz de diva e o corpo ereto. — Não queria fazer isso, mas preciso te dar uma aulinha.

Que voz era aquela? Que cara era aquela? Olhar, boca, modos, postura.

— Não tem Zé nenhum. Eu mandei os áudios foi pra você ouvir mesmo.

— Oi? — Sarah quase cuspiu todos os dentes fora. — O quê?

— O concurso tinha uma única vaga pra ir na TV, e você me inscreveu. Isso sem eu nem pedir! — Vó Márcia soava entediada com a obviedade da coisa toda. — Tá explicado como eu ganhei a primeira edição ou não tá?

— Vó?

— Sarah, presta atenção. Você ressuscitou a Madonna de Verão. Não adianta me chamar de "vó" agora.

Então ia chamar de quê, oras? O fato é que, pelo jeito e pelo olhar, vó Márcia só podia estar presa lá dentro.

— Você não achou estranho e conveniente esquecer o

cartão, voltar pra casa e me pegar dançando naquele dia? Sarah tentou lembrar. Nem tinha pensado que poderia ser estranho. Mas também não fazia sentido esquecê-lo em casa. Droga!

— Ou o áudio, sem querer, justamente dizendo o quanto eu queria voltar? Ai, Sarah. A Madonna de Verão vence, ela faz isso, ganha fama, vence concurso, pega a única vaga se for preciso.

— Vó! Eu não acredito!

— Eu não acredito que você, logo a Sarinha Lima, abriu mão disso tudo. Mas que bom que deu certo.

— Vó! — Sarah abriu a boca e ficou sem ter o que dizer, exasperada. Aquilo não podia estar acontecendo. — Mas...

— No meu tempo, a gente fazia de tudo pra ganhar.

Vó Má... Ops, Madonna de Verão, tirou um cigarro da bolsa, acendeu e começou a soltar fumaça.

— Sorte sua que eu não envenenei nada seu.

Então ela sorriu, piscou e deu as costas. Um carro lhe esperava, iria levá-la para casa e depois ao aeroporto.

Que sucesso seria a volta dessa Madonna.

AUTORES

Aureliano

Nascido no Rio Grande do Norte em 1990, Aureliano é artista gráfico, escritor e cronicamente online. Em 2017 publicou a coletânea de cartuns autobiográficos *Mercúrio Cromo* (Lote 42). Em 2021 contou a história da drag queen mais triste do Brasil em *Madame Xanadu* (Naci). Comunica-se por meio de palavras, desenhos e sinais de fogo nas mídias sociais como @oiaure.

Cristina Bomfim

Cristina Bomfim nasceu em Curitiba/PR e é formada em Comunicação Social. Artista até mesmo antes de se conhecer por gente, ela mesma é quem ilustra os personagens de seus livros. Suas maiores referências são mangás, animes, novels e *webtoons*. Começou a publicar histórias mágicas e cheias de romance em 2021 e não parou mais. Apaixonada por fantasia e finais felizes, suas crenças e princípios não poderiam ser expressados de outra forma senão através da magia.

G.B. Baldassari

G.B. Baldassari é o pseudônimo de Gisele e Bruna, um casal que descobriu por acaso que poderia escrever junto. Moram em Santa Catarina e dedicam a maior parte do tempo a fazer o que mais amam: escrever comédias românticas onde a mocinha quase sempre é atrapalhada e invariavelmente termina com outra mocinha. Instagram | TikTok | Twitter: @gbbaldassari

Júlia Maizman

Júlia Maizman nasceu em 1999, na capital Cuiabá, no Mato Grosso, onde mora até hoje. Graduada em Cinema e Audiovisual pela Universidade Federal Fluminense, suas paixões são histórias, redes sociais, gatos e letras de músicas para gritar no carro. Começou a carreira de escritora aos 16 anos, publicando na plataforma *Wattpad*. O seu primeiro livro, *Como NÃO viver um romance adolescente*, foi publicado de forma independente em 2020, e se tornou um verdadeiro sucesso no TikTok. *Um caso sem futuro* é seu primeiro livro publicado pela Naci.

Mark Miller

Mark Miller é um escritor paulista de obras com protagonismo gay, apaixonado por thrillers adolescentes, café e romances LGBTQ+. Lançou seu primeiro livro em 2020 e possui em seu catálogo o estrondoso sucesso *Garotos mortos não contam segredos*. Escreve para se conectar com leitores que compartilhem o mesmo desejo que ele: o de ver mais representatividade nas obras que consomem.

Ninguém vai te ouvir gritar é seu primeiro livro publicado pela Naci. Pode ser encontrado em seu Instagram literário @markmillerbooks.

Mary C. Müller

Mary é uma garota estranha que gosta de coisas esquisitas e nunca tentou comer aipo. Começou a carreira literária no *Wattpad*, onde ganhou três prêmios *Wattys*. Escreve seus livros ouvindo música triste e tomando café, colocando representatividade neurodivergente e queer em suas histórias. Pode ser encontrada com uma ouija ou procurando @marycmuller nas redes sociais.

Victor Marques

Victor Marques é um escritor de Duque de Caxias que não dispensa boas histórias e bons *plot twists*. Lançou, em 2020, o conto *Antes que a morte morra* e, desde então, não deixou de se aventurar na criação de histórias cheias de mistério. Você pode acompanhá-lo no Instagram @victorsmarques.

Este livro foi composto nas fontes Skolar, Tomarik e
Eds Market Bold Script pela Editora Nacional em janeiro de 2024.
Impressão e acabamento pela Gráfica Impress Editorial.